DER VORLESER

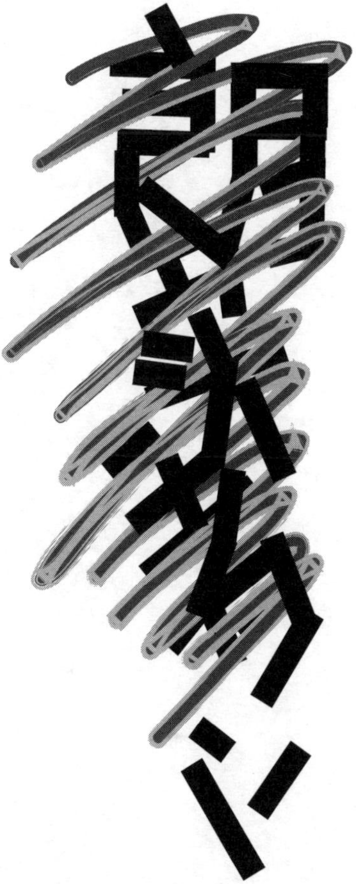

朗读者

DER VORLESER

Bernhard
Schlink

[德国] 本哈德 · 施林克—著 沈锡良—译

译林出版社

序

与君分袂，各自东西不回首

葛 亮

重读《朗读者》。

这本书的意义，总觉得，在于重温。不同的年龄阅读，会有相异的认知与结论。这意义或许和坚执相关。但是，换一个角度来说，它亦会提示，用一己的价值评判体系去估价他人的行为，是愚不可及的事。

初读时，很容易将之总结为两个失败者的故事。汉娜和米夏埃尔，在各自的人生中逸出轨道，进而改变对方。历史的颠覆中，难以全身。一个罪孽深重，一个肩负阴霾。这场角力，以少年的情欲开始。“假若这种贪欲的目光和那种欲望的满足一样很恶劣，假若这种主动的幻想和这种富有幻想的行动一样很恶劣——那为什么不去满足它，不去采取行动呢？我日复一日地明白自己无法放弃邪恶的念头。我也想采取邪恶的行动。”但最后败下阵来的，也是他。他投入了爱，不仅因迷恋这个女人丰熟的肉体，在一次又一次的冲突中延宕与迁就，同时间，他从未意识到，自己的一生输给了一个秘密。汉娜的失踪与藏匿，突如其来。他们仪式一样的幽会，已千篇一律。洗澡、朗读、做爱。他为这个女人朗读，以他们的母语。《奥德赛》《战争与和平》《一个窝囊废的生涯》。比起性事，她似乎对此甘之若饴。

在她不告而别之后，重逢已是在法庭上。米夏埃尔以法律系实习生的身份，列席纳粹集中营罪行的审判。而被告之一，正是汉娜。汉娜在二战时期做过纳粹集中营的看守，因对三百多名犹太囚犯的死亡负有责任而受审。米夏埃尔心中的煎熬随审判的进行日益加深，而汉娜往日的秘密也初现端倪——她是个文盲。她一直保守着不可言说的秘密。而她的一生，也为这个秘密而左右。“正因为如此，她才回避在有轨电车公司晋升的机会；她在做售票员时可以隐藏的弱点，一旦参加司机培训，就会暴露无遗，正因为如此，她才回避在西门子公司晋升的机会，而成了女看守。正因为如此，她为了逃脱和笔迹专家的对质，才承认是她写了那份报告。”汉娜揽下了所有的罪名，最终被判终身监禁。米夏埃尔为自己明知汉娜的秘密，但却没有勇气替她澄清罪责而负疚，私人罪感与公共罪感——为纳粹期间“德国罪过”所负有的罪感——之间形成了冲突，也为“二代记忆”提出了它所特有的记忆伦理难题。

这构成了在八年以后，米夏埃尔再次成为朗读者的起点。其间，他经历了失败的婚姻，乃至受挫的性爱。他寻找过的每个女人，都有汉娜的轮廓。他重读《奥德赛》，发觉这个故事，说的不是回归，而是重新的出发。于是，他又开始朗读，并录音，将它们寄给了服刑的汉娜。施林兹勒、契诃夫的短篇小说，海涅与默里克的诗歌。第四年时，他收到了汉娜的回信。“小伙子，最后一个故事特别棒。谢谢。”汉娜依照他寄来的磁带，与书籍的阅读，学会了写字。

是的，看到了这里，我怦然心动。类似于某种逻辑的打通。不是文学的逻辑，而是汉娜人生的逻辑。她终于可以真正通顺地梳理自己，而非一味无原则地羞愧。她一生的罪感，起初来自掩饰。掩饰的是自己与文明之间的鸿沟。不惜卑微地退缩、企图泯然于众人。但当她学会了读写，却清晰地发现，自己更为深切的罪。在狱中，她找来阅读的是犹太人幸存者的文学作品——普里莫·莱维、埃利·威塞尔、让·埃默里（Jean Améry）等人写集中营的书，还有赫斯的罪行录与阿伦特关于艾希曼在耶路撒冷被处绞刑的报告。

书中并未以任何叙述视角透露，这些作品给予汉娜的影响。但她在自尽之前，十分妥帖地安排了将自己一生的积蓄，留给了指向她罪行的那场大火中唯一的幸存者，一位犹太裔的女作家。

这其间有清晰的隐喻意义。她作为战犯，向德国“二代记忆”的记录者所表示的忏悔与救赎。而这一切，以“无知”开始，以“文明”结束。小说未写其觉醒，但却在法庭上借汉娜之口，质问了法官，“如果是您，您究竟会怎么做？”

“文盲”是一个简单粗暴的解释罪行的理由。而深谙文明内核的社会精英，曾如汉娜一样地做出自我的选择。这是战后的德国，在不断强化对道德机制的开启，重新反思过去的绵长过程中，积极致力面对的问题。“雪崩中，没有一片雪花觉得自己有责任。”斯坦尼斯洛的名句，道出了历史的吊诡，也道出了每一个平庸的恶者内心的狡猾与麻木。汉娜或是幸运的，因其“文盲”的身份、支离破碎的知识体系。“识字”的过程，造就其重新认识世界和自我的过程，在蒙昧中拨云见日。而精英者，代表着这世界上的拥有朗读权力却甘于“默读”的人。他们和文明之间，存在着自欺欺人的断裂。他们如此笃定于自己的行为，做一片尽忠职守的“雪花”。勇敢者，可倾覆自己，面对荒凉过后的泥泞；懦弱者，抱残守缺，了此一生。

在这个过程中，文明乃至艺术，扮演了什么角色。德国戏剧家彼得·史耐德回忆二十世纪六十年代中期，奥斯威辛审判时他参加学生运动的情形。他所关注的是，如何处理在家庭结构中面对父辈的感情，与将之放在历史节点评判时所带来的道德困惑。他的父亲是一位作曲家和乐队指挥，他说道：“就在我们反叛的时候，我们也尽力保护自己的家庭。我们从来没有问过父亲这个显然该问的问题：当犹太人音乐演奏者一个个被清除出乐队的时候，你做了些什么？”可叹的是，这个问题，恰与一部电影构成了微妙的互文。这部电影叫作《钢琴家》(*The Pianist*)，取材自波兰犹太裔作曲家和钢琴家华迪史洛·史匹曼（Władysław Szpilman）的回忆录。其恰从受害者的角度，对这个问题给予了回应。史匹曼在迫害中流离，偶遇德国军官威尔姆·欧森菲德，被认出是犹太人。问及职业时史匹曼说自己是一个钢琴家，于是被要求演奏一曲。史匹曼演奏了肖邦的第一号叙事曲，琴技折服了欧森菲德。他因此决定协助史匹曼躲藏，并定时提供生活所需。不言而喻，这给史匹曼最终逃出生天提供了重要的帮助。军官的设定，亦符合《夜间守门人》

式的刻板印象。表面上看，由于艺术的共情性，造就欧森菲德施以“小善”，从而保留了一个伟大的“艺术家”。但究其底里，史匹曼得以幸存，并非因为他是一个犹太人甚至是“人”，而是因为他是杰出的艺术载体、他精湛的技艺。得以全身，恰在于其本人被充分地“物化”。艺术家超越国族立场的个人经历，并不鲜见。在巴黎寻求政治避难的前苏联芭蕾舞者雷里耶夫，也是一例。我曾在《北鸢》中写到京剧名伶言秋凰，为票友和田中佐所赏识，纳为知音禁脔。但成败一萧何，亦因痴迷于京剧，和田终为前者所刺杀。完成了民族大义的言老板，说到底，身体力行了从艺术的替代物，最终觉醒为“人”的过程。

某种意义上说，“朗读者”米夏埃尔，也是一个载体。他承载了“过去”的文明的总和，也代表着过去向现在的发言。面对“无知”的打破，“朗读”的意义，并非是摧枯拉朽式的，而是绵长、温和、润物无声的。它的漫长，提供了一个个可供思考、反刍与咀嚼的空间，并与少年的成长，同奏共跫。事实上，少年成长或许是认识历史最为直接的镜像。或许残酷写实，如君特·格拉斯的《但泽三部曲》，其中以《铁皮鼓》和西格弗里德·伦茨（Siegfried Lenz）的《德语课》（*Deutschstunde*, 1968）；或许如哈哈镜，是喜剧外衣下的阴翳，笑中有泪，如贝尼尼的《美丽人生》。但总有着某种清晰而切肤的铭刻。何况，《朗读者》的因由，是一名成熟女性对少年情感与肉体的喂养，在这面目严正的民族文学谱系中，莫名地有了象喻的禁色之美。

在一次缠绵的旅途之后，米夏埃尔写了一首诗，模仿自他彼时正热烈阅读的诗人里尔克和贝恩。这首诗如此贴切地表达了他对汉娜的感情，或许亦可视为一首唱给历史的挽歌：

与君同心，两心相互来占有/与君同衾，两情相互来占有/与君同死，人生相互来占有/与君分袂，各自东西不回首。

庚子冬，于苏舍

Die Arbeit an diesem Manuskript wurde von der Robert Bosch Stiftung gefördert. Die Förderung beinhaltete einen Arbeitsaufenthalt im Übersetzerhaus Looren, organisiert vom Literarischen Colloquium Berlin.

本书译者经向柏林文学研究会申请，获得博世基金会工作居留资助，在瑞士罗伦译者之家从事本书翻译工作。

目　　录

第一部

1

十五岁时，我得了黄疸病。发病在秋季，到次年春季才痊愈。旧年将尽，天气越冷，天黑得越早，我就越虚弱不堪。直至新年来临，健康状况才慢慢好转起来。一月的天气很暖和，母亲给我在阳台上铺了张床。我可以仰望天空、太阳以及天上的云彩，听到孩子们在院子里玩耍。二月的一个傍晚，我听到一只乌鸫在歌唱。

从鲜花大街到车站大街，这是我迈出家门的第一条路。鲜花大街上有一栋宏伟的建筑，建于世纪之交，我们家就住在三楼。去年十月的一个星期一，我放学回家，正是在车站大街那里呕吐了。我身体虚弱已有好多时日，在我的人生中还从未如此虚弱过。每迈出一步，都要耗费我九牛二虎之力。

在家里或者在学校里爬楼梯，简直腿都提不起来。我也不想吃饭。即便饥肠辘辘地坐在餐桌前，却马上想呕吐。早上醒来，嘴巴干涩，我的感觉是，我的器官好像在身体里变得很沉重，仿佛错位了一样。我感到羞耻，自己竟然如此虚弱不堪。尤其感到羞耻的是，我居然还呕吐了。这种事在我的人生中也还从未发生过。我的嘴巴里全是呕吐物，我试图把它咽回去，抿住嘴唇，手捂住嘴巴，可呕吐物还是从嘴里喷出来，从手指缝里流出来。然后我靠在大楼墙上，看到脚下的呕吐物，又呕出了浅色黏液。

那个过来照应我的女人，干起事来简直很粗鲁。她一把抓住我的胳臂，带我穿越黑魆魆的过道来到院子里。楼上窗户与窗户之间紧绷着晾衣服的绳子，绳子上面晾着衣服。院子里堆放着木材，一把锯子在一个敞开的作坊里发出刺耳的尖叫，锯屑溅落四处。院门旁边有一只水龙头。女人拧开水龙头，先洗了我的手，然后两手拢在一起接水泼到我的脸上。我用手绢把脸擦干。

“你拿另一只水桶！”两只水桶就摆在水龙头旁边，她拿起其中一只往里面装满水。我拿起另一只也往里面装满水，然后跟她穿越过道。她用力向后摆动，桶里的水噼里啪啦地泼洒到人行道上，将呕吐物冲入排水沟里。她从我手里拿走另一只水桶，再次把桶里的水洒到人行道上。

她直起身，看到我在哭。“小伙子，”她惊奇地说，“小伙子。”她拥抱我。我几乎不比她更高大，感觉她的乳房贴到了我的胸上，在紧紧的拥抱中我闻到自己恶臭的气息和她新鲜的汗味，我不知道应该把我的胳臂搁到哪儿。我停止哭泣。

她问我家住哪里，将那两只水桶放到过道里之后，就送我回家了。她走在我身旁，一只手拿着我的书包，另一只手扶住我的胳臂。从车站大街到鲜花大街并不远。她走得迅捷而果断，使我走起路来也感觉轻松。走到我们家大楼前，她和我告别。

就在当天，母亲叫来医生，医生诊断出我得了黄疸病。后来有一天，我跟母亲谈到了这个女人。我不相信我会去看她。可母亲觉得，只要身体康复了，我就应该拿出自己的零花钱买上一束鲜花登门拜访，做个自我介绍，表示一下感谢，这是理所当然的事。于是，二月底，我到车站大街去了。

2

车站大街上的那幢房子，如今已经不复存在。它在什么时候被拆除，为什么被拆除，我就不得而知了。我已经多年不在家乡。那栋新房子建于七八十年代，有六层楼，还有一个改建过的屋顶层，没有飘窗或阳台，墙上抹上了平滑而明亮的灰泥。大楼门铃很多，表明公寓房又多又小。人们搬进搬出公寓，犹如租车还车那样寻常。底楼现在是一家电脑商店；那里原先有一家保健药品商店、一家食品商店以及一家录像带出租商店。

那栋旧房子虽然高度一样，却是五层楼，底楼使用的是金刚钻磨削过的方形砂石，其他四个楼层是砖墙结构，有着砂石飘窗、阳台以及窗户。到底楼和楼梯间都有几级台阶，下宽上窄，台阶两边有围墙围起来，围墙上都有铁制栏杆，栏杆的末端则呈螺旋状。大门两侧有柱子，连接两侧柱子的横木角落里有两只石狮，其中一只仰望车站大街，另一只却俯视车站大街。而那个女人带我到院子水龙头那里经过的大楼入口，则是边门。

还是小孩子的时候，我就注意到了这个房子。那一排房子惹人注目。我想过，如果这栋房子更笨重和更宽大些，那么相邻的房子就得挪到边上，好给它腾出空位。在我的想象中，房屋里面的楼梯间应该拥有石膏花纹和镜子，一条狭长的地毯印满带有东方色彩的花纹，楼梯扶手上的黄铜栏杆磨得锃亮。我期待这个华丽体面的房子里住着的也是华丽体面的人物。可是，由于这个房子年代久远，加上又被火车喷出的烟雾熏黑，我想象中的华丽体面的住户变得阴森可怖，变成了稀奇古怪的人物，或许是聋子或者哑巴，驼背或者瘸子。

以后的岁月里，我一再梦见那幢大楼。那些梦是大同小异的，是一个梦和一个主题的各种不同的版本。我穿越一座陌生的城市，看到了那栋房子。它就在我不认识的一个城区，坐落在一排房子里。我继续走，心里感到困惑不解，因为我认识这栋房子，可不认识这个城区。然后我想起自己已经看到过这栋房子。可我想到的不是我家乡的那条车站大街，而是另一座城市或者另一个国度。比如，我梦中在罗马，在那里看到了那栋房子，想起在伯尔尼也看到过这栋房子。我随着梦想中的记忆放下心来。在另外一个环境中再次见到这栋房子，我不会觉得比在一个陌生的环境中和一个老友偶遇更感到奇怪。我掉转头去，回到那栋大楼，爬上楼梯。我想进去。我按动门把手。

如果我在乡下看到这个房子，那个梦就会持续更久，或者我事后可以更好地回想起它的细枝末节。我在开车。我看到右首那个房子，然后继续开车，起先只是困惑不解，一栋原本显然应该坐落在城里街道两边的房子，却矗立在空旷的原野上。然后我想起我曾见过它，于是愈加困惑不解。要是我回想起在哪儿遇见过它，我会掉转车头再回去。在梦里，马路上总是空荡荡的，我可以在轮胎发出刺耳的咯吱声的时候掉转头，然后疾驶回去。我担心回去太晚，于是把车开得更快。然后我就看到它了。它被田野包围着，浮现在脑海中的是普法尔茨的油菜、谷物或是葡萄，还有普罗旺斯的薰衣草。这一带地势平坦，顶多有点稍稍起伏的丘陵。看不到树木。天朗气清，阳光灿烂，空气回荡，大街热得闪闪发光。

防火墙使这栋房子看起来被分隔开了，像是还没造完一样。任何一栋房子的防火墙都可能是这个样子的。这栋房子不会比车站大街上的那栋更阴暗。可那些窗户上却完全布满了灰尘，认不出房间里的任何东西，连窗帘都看不清。整个房子模糊不清。

我在马路边停下脚步，穿过马路到了入口。看不见任何一个人，也听不到任何一丝声响，就连遥远的马达声、风声、鸟叫声也都没有。世界死一般沉寂。我爬上台阶，按动门把手。

可我打不开门。我醒来，只知道我抓住并按动了门把手。然后我回想起了整个梦，这个梦我也曾经做过。

3

我不知道那个女人叫什么名字。我手捧一束鲜花，犹豫不定地站在门口，站在门铃前。我真想回去算了，可就在这时，一名男子从大楼里走出来，问我要找谁，于是让我到四楼去找施密茨女士。

没有石膏花纹，没有镜子，没有狭长的地毯。从和房屋正面难以媲美的那种俭朴的美丽看，楼梯间原先可能拥有的东西，早已不见踪影。台阶中间的红漆已被踩踏坏，楼梯旁贴在墙上的齐肩高的绿色漆布也已磨损，而在楼梯扶手上缺少栏杆的地方，则被绑上了绳子。空气里能闻到清洁剂的味道。可能这一切我也是到后来才想起来的。总是同样破旧，也同样干净，总是有着同样的清洁剂的味道，时而夹杂着卷心菜或者豆角，或者煎炸食品，或者煮洗衣物的味道。除了这些味道、各家住户门口的擦鞋垫以及门铃按钮下面的姓名标牌之外，我从这栋楼的其他住户那里没有见识到更多的东西。我不记得当时在楼梯间是否碰见过其他住户。

我也不记得自己是如何和施密茨女士打招呼的。估计我曾经想好了要用两三句话说说我的疾病、她的帮助以及我的感激之情，然后就把这些话背给她听了。她把我带进厨房里。

这个家最大的空间就是厨房。厨房里摆放着炉子和洗餐具水池，浴缸和浴水加热炉，一张桌子和两把椅子，一只碗柜，一只衣橱和一把睡椅。睡椅上面铺着一条红色丝绒毯子。厨房没有窗户。光线透过阳台门上的玻璃照射进来。光线不多，只有阳台门敞开时，厨房才会亮堂堂的。之后，你就会从院子里的家具作坊里听到锯子的尖叫声，可以闻到木材味。

属于这个家的还有一间局促的起居室，室内摆放着餐具柜、一张桌子、四把椅子、一把翼状靠背椅以及一只炉子。这个房间冬天几乎从来不供暖，到了夏天也几近闲置不用。窗户开向车站大街，可以望得到从前的车站地区，这个地区被来回折腾了多次，有些地方已经为新的法院和政府行政机构大楼打好了地基。最后属于这个家的，还有一间没有窗户的厕所。厕所里如果有臭味，在过道里也能闻得到。

我也不记得我们在厨房里究竟谈了些什么。施密茨女士在熨烫东西。她把一条羊毛毯和一条床单铺在桌子上，从篮子里取出一件件衣服，熨烫后折叠起来放在两把椅子中的其中一把上面。我则坐在另一把椅子上。她也熨烫她的内衣，我不想朝那里看，可也没法躲开。她穿了一条无袖罩裙，蓝色里夹带着灰白和红色相间的小花。她用一枚发夹把后脖子上垂肩的灰黄色头发夹住。她裸露的双臂很苍白。她拿起电熨斗，用完后放下，之后又把衣服折叠起来放回去，她操作起来缓慢而专注，她同样缓慢而专注地移动身子，弯下腰来，又直起身子。在我的记忆里，她后来的一张张脸取代了她当年的那张脸。当我把她和她当时的模样唤到我的眼前，她出现时却没有脸。我必须还原那张脸的模样。高高的额头，高高的颧骨，淡蓝色的眼睛，丰满的嘴唇弧线均匀得没有凹陷，有力的下巴。一张女性的脸蛋扁平而严肃。我知道我觉得它很美。可我的眼前看不到它的美。

4

“你稍等，”我站起来正想走，她说，“我也得出去，可以和你一起走一段路。”

我在过道里等。她在厨房里换衣服。门开了一道缝。她脱下罩裙，穿着淡绿色的内衣站着。椅子的扶手上挂着两只长筒袜。她拿起其中一只，双手迅速交换地抓住套在脚上。她一条腿保持平衡，在那条腿的膝盖上撑住另一条腿的脚后跟，向前弯下身子，将卷起来的袜子套入脚尖，将脚尖置于椅子上，把袜子往上套到小腿肚、膝盖和大腿上，然后转向一侧，将袜子在长袜松紧带上系紧。她直起身子，脚离开椅子，然后抓起另一只长筒袜。

我目不转睛地盯着她看。看她的脖子和她的肩膀；看她的乳房，而她的内衣更多地是围住而不是藏住乳房；看她的屁股，当她把脚撑在膝盖上然后坐到椅子上时，她的内衣紧绷在屁股上；看她的大腿，它先是裸露着，很苍白，穿着袜子后丝一般熠熠发光。

她感觉到了我的目光。她手拿另一只袜子没有接着穿，却是转身对着门口，盯着我的眼睛看。我不知道她带着怎样的目光。是惊讶、疑惑，还是会意，抑或责备？我脸色绯红。我脸上火辣辣地站了一会儿工夫。然后我再也受不了了，冲出屋子，奔下楼梯，离开了大楼。

我走得很慢。车站大街，霍塞尔大街，鲜花大街——多年来，这一直是我上学的必经之路。我熟悉每一栋房子、每一座花园和每一道栅栏，这里的栅栏每年都要重新粉刷，上面的木头又灰又烂，我用手就可以把它们压碎，那些铁制栅栏，我在小时候就用木棒蹦蹦跳跳地对着它们敲击出声响来，还有那些高耸的砖头围墙，我站在围墙后面幻想着不可思议的事情和令人恐怖的事情，直至我可以攀爬上去，看到围墙后面一排排花坛、浆果园以及菜畦，它们已遭废弃，惨不忍睹。我熟悉大街上的石块路面和焦油层，熟悉人行道上路面的不同变化，看到铺成波浪形的玄武岩小石块、焦油沥青以及碎石交替出现。

我熟悉所有的一切。当我的心跳不再急促，我的脸不再火辣辣时，厨房和过道之间的相遇已经离我远去。我感到恼火。我像个孩子似的奔出去，而没有像对自己期待的那样做出信心十足的反应。我不再是九岁，而是十五岁。可是，何谓信心十足的反应，对我而言始终是个不解之谜。

另外一个不解之谜，则是厨房和过道之间的相遇本身。为什么我就没法把视线从她身上移开呢？她的身体非常结实又非常女性化，比我喜欢过和盯着看过的姑娘更为丰满。我相信，即便我在游泳池里看见她，我也肯定没有注意过她。她也并没有展现得比我在游泳池里看到的姑娘和女人更为裸露。另外，她比我的梦中女孩的年纪大了好多。三十多岁了吗？如果自己还没活到或接近这个年龄，就很难猜得出人家的岁数。

多年后，我才想起，我的眼神一刻不停地离不开她，并非简单地因为她的外表，而是她的姿势和动作的缘故。我曾经请求我的女友们穿上长筒袜，可我不愿意解释我的请求，不愿意讲述厨房和过道之间的相遇之谜。因此，我的请求被视为渴望长筒袜的吊带和花边，渴望狂热的色欲。而这种请求一旦得到满足，就以卖弄风情的姿态出现。并非我的眼神离不开她。她并没有摆出姿态，并没有卖弄风情。我也不记得她平时做不做这样的事。我记得她的身体、她的姿态和动作往往看上去笨重迟钝。并非因为她人长得笨重粗壮。不如说，她似乎隐退至身体的内部，将身体托付给身体自身，且没有被身体的命令打乱平静节奏，进而忘却了外部世界。对这个世界的这种忘却，就体现在她穿上袜子时的那些姿态和动作中。可她在这里却不是笨重迟钝，而是流畅、优雅而充满诱惑——并非乳房、臀部和大腿的诱惑，而是使人在身体的内部忘却这个世界的邀约。

我当时不知道这一点——尽管我现在知道了，而且不只是弄清楚了。可是，就在我当时考虑究竟是什么令我如此激动不安的时候，那种激动不安又重现了。为了解开这一谜团，那次相遇唤起了我的记忆，而我曾经通过让它成为不解之谜而创造出来的距离感也烟消云散了。我看到一切重新浮现在我的眼前，无法再离开我的眼睛。

5

一周后，我又一次站在了她家门口。

这一周来，我试着不去想她。可我无事可做，没有叫我占用的时间，没有叫我分心的事情。医生还不允许我去上学，书看了几个月之后，我都看厌了，小伙伴们虽然顺便过来看望我，但我生病时间太久，他们的来访因而无法在我和他们的日常生活之间架起一座桥梁，他们看望我的时间也就变得越发短暂。我应该出去散散步，每天要多散步一些，又要不让自己感到疲倦。如果能让自己感到疲倦，那该多好啊。

青少年时代那些生病的日子，是多么着魔的日子！那个外部世界，在院子里或者在花园里或者在大街上度过业余时间的那个世界，只是带着沉闷的声响侵入病房。病人阅读的那些故事和人物的世界在病房里出没。高烧削弱了知觉，增强了幻想，使病房变成了既熟悉又陌生的崭新空间。那些怪物在窗帘和台布的图案里露出它们狰狞的面目，那些椅子、桌子、台架以及橱柜堆积成高山、大楼或者船只，它们近得触手可及，却又远得遥不可及。陪伴病人度过漫漫长夜的，是教堂塔楼大钟的钟声、偶尔从身旁驶过的汽车轰响以及汽车前灯投射到墙上和天花板上的反光。那是没有睡眠的时刻，但并非无法入眠的时刻，不是匮乏的时刻，而是丰满的时刻。渴念、回忆、恐惧、欲望形成了迷宫，病人在那里迷失、找回然后再度迷失。那是不论好或坏，一切都有可能的时刻。

病人身体好转，这种情况就会渐隐渐弱。可要是久病不愈，那么这间病房就被浸染上这样的氛围，而痊愈者虽然不再发烧，却依然会迷失在那些迷宫里。

每天早上，我怀着内疚醒来，有时睡裤上湿漉漉的或是污渍斑斑。我梦见了不恰当的画面和场景。我知道，母亲、指导我接受坚信礼并且令我敬仰的牧师以及我的大姐——我将童年的秘密透露给她，他们虽然并不想责骂我，而想以温柔体贴而又忧心忡忡的方式提醒我，可是这样的方式要比责骂更令人讨厌。尤其不恰当的是，如果不能被动地梦见那些画面和场景时，我就会主动地幻想到它们。

我不知道自己的勇气从何而来，竟然要到施密茨女士那里去。道德教育在某种程度上难道会反受其害吗？假若这种贪欲的目光和那种欲望的满足一样很恶劣，假若这种主动的幻想和这种富有幻想的行动一样很恶劣——那为什么不去满足它，不去采取行动呢？我日复一日地明白自己无法放弃邪恶的念头。我也想采取邪恶的行动。

我还有其他的考虑。去看她可能会有危险。可其实不可能存在危险。施密茨女士虽然感到奇怪，但一定会欢迎我，倾听我对自己的失礼所作的道歉，然后向我友好告别。不去看她才更为危险。我可能冒着无法摆脱自己的幻想的危险。那么说，如果去看她，我就是做对事了。她一定会表现正常，我一定会表现正常，一切都会恢复正常。

因此，我当时似乎用理智的方式提出论证，将我的欲望变成不寻常的道德考虑，也使我的良心不安保持沉默。但它并没有给我勇气到施密茨女士那里去。给自己事先想好托辞是一回事，我的母亲、尊敬的牧师以及我的大姐，如果他们真是彻彻底底想过的话，为什么他们不阻止我反而鼓励我到她那里去？而真的到她那里去，却完全是另一回事。我不知道自己为什么要这么做。可如今，我认识到在当时的事件中有一种模式，即在我的一生中，思想和行动彼此听从还是不听从这种模式的安排。我思考然后得出结论，将这个结论保留在一个决定里，才获知，行动是另外一个问题，行动可以跟着这个决定走，也可不必如此。在我的一生中，没决定要做的事我往往做得够多，而决定要做的事却又往往没有做。不管可能是怎样的情况，行动开始了：它带我到了不想再见到的那个女人那里；它使我在上司面前说三道四，使我命运堪忧；它让我继续抽烟，尽管我已经决定戒烟，但在我认识到自己曾经是并且始终是烟民之后，我又戒烟了。我不是说思考和决定不会波及行动。可行动不是简单地执行一个人之前思考过和决定过的东西。它有着自己的由来，并以同样独立的方式成为我的行动，正如我的思想成为我的思想，我的决定成为我的决定。

6

她不在家。大楼门虚掩着，我爬上楼梯，按下门铃等着。我又按了一次。屋里的房间门都敞开着，我透过门口玻璃能够看到，还能看到过道里有镜子、衣帽架和挂钟。我能听到挂钟的滴答声。

我坐在台阶上等。我并不轻松，当一个人做决定时有点不舒服，害怕产生后果，但还是很高兴执行了这一决定，并且未受到那些后果的影响，那么他会有怎样的感觉。我也并没有感到失望。我决定见她一面，等她回来。

过道里的挂钟每隔一刻钟、半小时和整点敲响。我试图跟随轻轻的滴答声，清点从一次钟响到下一次钟响的九百秒，可总是集中不了注意力。家具作坊的锯子在院子里发出尖叫声，说话声或音乐声从大楼的屋子里传出，一道门打开了。接着我就听到有人爬上楼梯，步伐均匀、缓慢而沉重。我希望他就住在三楼。要是他能看到我就好了，可我该如何解释我在这儿干什么？但脚步声没有在三楼停下来。脚步声继续往上爬。我站起来。

原来是施密茨女士。她一只手里提着一桶焦煤，另一只手里提着一罐煤球。她穿着制服，上身是短上衣，下身是裙子，我才看出她是有轨电车售票员。她一直到了楼梯平台，才注意到我。她没有显出不快、惊讶或是嘲讽，没有什么让我感到害怕。她看起来很疲惫。她放下煤，从上衣口袋里寻找钥匙时，有几枚硬币丁零当啷地滚落到地上。我把硬币捡起来交给她。

“下面地下室里还有两只煤桶，你把它们装满拿上来，行吗？门开着。”

我咚咚咚地奔下楼梯。通往地下室的门敞开着，地下室的灯也打开着，在地下室长长的楼梯脚下，我找到了一个用木板隔开的房间，房间的门只是虚掩着，打开的环形锁挂在锁舌里。这个房间很大，焦煤一直堆积至天花板下面的老虎窗那里，焦煤就是通过这个老虎窗从大街上被倒进地下室里去的。门旁边的一侧，煤球一层层堆放得井井有条，而焦煤桶则摆放在另一侧。

我不知道自己哪里出错了。我在家里也从地下室拿煤上楼，从未碰到过问题。不过家里的焦煤从未堆得那么高。装满第一桶焦煤挺顺利。可当我抓起第二只煤桶，想把地上的焦煤装进去时，煤山开始活动了。焦煤从上往下地滚落，小块的很急促，大块的很缓慢，最下面的则连滚带滑。黑色灰尘像云雾一样升腾起来。我惊慌失措而无法移动，煤块陆陆续续地溅到了身上，不一会儿工夫，踝骨全都淹没在焦煤里。

等到煤山停止活动，我从焦煤里走出，将第二只煤桶装满，找到一把扫帚，将滚落到地下室过道里的煤屑扫入那间用木板隔开的房间，锁上门，将两桶焦煤拿上去。

她脱下了上装，松开了领带，解开了最上面的那粒纽扣，拿着一杯牛奶坐在厨房桌子旁。她看到我时笑了起来，起先只是压抑着咯咯地笑，然后才放开喉咙哈哈大笑。她用手指指着我，用另一只手敲击桌子。“瞧你这副模样，小伙子，瞧你这副模样！”我从盥洗台上面的镜子里也看到了自己那张黑乎乎的脸，跟着她哈哈大笑起来。

“你这副样子是没法回家的。我给你放好洗澡水，然后把你的东西拍干净。”说完她走到浴缸那里拧开水龙头。水冒着热气哗哗地流入浴缸。“脱衣服时要小心些，厨房里我可用不上这种黑灰。”

我犹豫起来，脱下套衫和衬衫，又开始犹豫起来。水升上来很快，浴缸几乎要满了。

“你想穿着鞋子和裤子洗澡吗？小伙子，我不会看的。”可当我关上水龙头，又脱下内裤时，她从容不迫地打量我。我顿时脸红起来，爬进浴缸，没入池内。我浮出水面时，她拿着我的东西在阳台上忙碌着。我听到她在对敲我的鞋子，抖掉裤子和套衫上的脏污。她对着楼下嚷了几句，说是小心煤尘和锯屑，楼下有人也对着楼上嚷了几句，于是她哈哈大笑起来。她回到厨房，把我的东西搁到椅子上。她只是朝我匆匆瞥了一眼。“你也用香波洗洗你的头发。我马上给你拿浴巾过来。”她从衣橱里拿出什么东西，随后走出了厨房。

我洗我的澡。浴缸里的水很脏，我又放上了干净水，好在水柱下面把我的头和脸冲洗干净。然后我躺在那里，听到热水炉在发出低沉的轰隆声，我感觉到脸上凉爽的气息，那是透过敞开的厨房门缝传过来的，而我的身上是热水。我感到很舒服。那是一种令人激动的舒服，我的下体禁不住坚挺起来。

她走进厨房时，我没抬起头，直至她站在浴缸前。她张开双臂抱着一条大浴巾。“过来！”我站直身，从浴缸里爬出来，背对着她。她从后面把我从头到脚裹在浴巾里，然后擦干我的身子。之后，她就将浴巾扔到地上。我不敢动一下。她靠我那么近，我都能感觉到她的乳房碰到了我的后背，她的肚子碰到了我的屁股。她也赤身裸露着。她搂住我，一只手抚摸我的胸，另一只手抚摸我坚挺的下体。

“你不就是为了这个才来的吗！”

“我……”我不知道该说什么。不该说是，也不该说不。我转过身来。我没法看到她很多。我们站得太近。可我还是被她裸露的胴体征服了。“你好美呀！”

“哦，小伙子，你在说什么。”她哈哈一笑，用双臂搂住我的脖子。我也拥抱她。

我心里很怕，怕接触，怕接吻，怕她不喜欢我，不满意我。可是，当我们就这样拥抱了一段时间，当我闻到她的芳香，感觉到她的暖意和力量，一切变得顺理成章了。我用双手和嘴巴探索她的身体，两张嘴巴相遇，最后她伏在我身上，两个人面对面，直至我达到高潮，于是紧闭双眼，首先努力克制自己，然后禁不住大声吼叫，她赶紧用手堵住我的嘴不让它发出吼声。

7

那天晚上，我就爱上她了。我睡得不深，我在想念她，梦见她，以为在触摸她，直至发觉自己抱着枕头或是被子。嘴巴被吻得好疼。我的下体一而再、再而三地勃起，可我不想自慰。我永远不想自慰。我想和她在一起。

我爱上了她，难道这是作为她和我睡觉的代价吗？时至今日，在和一个女人共度良宵之后，我就有了一种感觉：我被宠坏了，因此必须去偿还——至少以我努力去爱她的方式向她，也向我面对的这个世界。

在我四岁时，童年早期留下的活生生的记忆不多，其中一个记忆是冬天的一个早晨。我当时睡觉的房间没有暖气，每到夜里和清晨，往往感觉天寒地冻。我想起那个温暖如春的厨房和热气腾腾的炉子，那是一只很沉的铁制器具，如果用一只钩子拉开炉台的底板和铁环，可以看得到里面的明火，炉子上放着一只水盆，里面总是随时准备着热水。母亲将一把椅子挪到炉子前，我站在椅子上，她给我擦洗身体，给我穿上衣服。我想起这种温暖舒心的感觉，想起它带给我的享受，我在温暖中被擦洗身体，被穿上衣服。我也想起——我始终会想到这个情景，我问自己，为何母亲要如此宠我。是我病了吗？兄弟姐妹们是否得到过我未曾得到过的东西？有什么令人不堪的事和艰难的事是我必须挺过去，有待于未来日子解决的吗？

也因为这个我连个名字都不知道的女人下午如此宠我，所以第二天我又去上学了。再说我也是想炫耀一下我刚刚学会的阳刚之气。并非我愿意吹大牛。可我感觉自己精力充沛，富有优越感，愿意拿出这种精力和优越感面对我的同学和老师。此外，虽然没有和她谈及这一点，但我可以设想的是，作为有轨电车售票员她常常要工作到晚上甚至深更半夜。假若我不得不待在家里，只能做些康复性的散步，那我如何能每天见到她？

我从她那里回到家，父母和兄弟姐妹已在餐桌前吃晚饭了。“你为什么回来这么晚？你妈妈一直在担心你呢。”父亲的声音听起来更多的是生气，而不是担心。

我说是我迷路了。我本来打算散散步，从烈士陵园到莫尔肯库尔那里去，可好长时间都找不到东南西北，结果最后走到了努斯罗赫。“我身上没带钱，只好从努斯罗赫走回家。”

“你完全可以搭个便车呀。”我的小妹偶尔会搭便车，但父母不赞同她这么做。

我的大哥一脸鄙视的神情，气呼呼地说道：“莫尔肯库尔和努斯罗赫，它们是两个完全不同的方向。”

我的大姐审慎地看着我。

“我明天又要去上学了。”

“那你要好好学地理课了。有北方，有南方，而太阳从……”

母亲打断我大哥的话：“还要三周呢，医生说过。”

“要是他可以穿越烈士陵园走到努斯罗赫，再重新走回来的话，他也可以上学去了。他缺少的不是体力，而是脑子。”小时候我和大哥经常打架，后来就打口水战。他比我大三岁，哪方面都要胜过我。直到有一天，我不再和他拳脚相争，让他好斗的本领没有了用武之地。自此以后，他仅限于满腹牢骚。

“你说怎样？”母亲求助于父亲。父亲将刀叉搁到盘子里，身子向后倚靠着，双手合拢放在怀里。他沉默着，若有所思地凝望，母亲每次跟他商量孩子的事情或者家务事时，他都是这个样子。正如每一次一样，我都要问自己，是否他真的想过母亲的问题或者只是在想着自己的工作。或许他也努力想过母亲的问题，可又一次陷入沉思时，只能想到自己的工作。他是哲学教授，思考就是他的生活，思考、阅读、写作以及教书。

有时我有一种感觉，我们，也就是他的家人，对他而言犹如家畜一样。是一条狗，他和它一起出去散步；是一只猫，他和它一起玩耍，这个猫也可以蜷缩着身子发出呼噜声在他怀里让他抚摸。他可能会喜欢这一点，从某种意义上他甚至可能也需要这一点，可尽管如此，若要购买猫食、清理猫砂、出去看兽医，他其实就不会感兴趣了。因为生活在别处。我真希望，我们，也就是他的家人，就是他的生活。有时我也更希望我的大哥不再满腹牢骚，我的小妹不再调皮捣蛋。可到了晚上，我突然对他们所有的人都喜欢得不行了。像我的小妹，她在兄弟姐妹中做最小的那个想必并非易事，不做出一些调皮捣蛋的事情来她是无法忍受的。像我的大哥，我们曾经共用一个房间，这对他来说无疑要比对我更不容易，此外，自我生病之后，他不得不将这间房间完全留给我使用，自己则睡在客厅的沙发上。他何以不会满腹牢骚呢？像我的父亲，为什么我们孩子应该成为他的生活？我们逐渐成长起来，不久就会长大成人，一个个离开家门。

我觉得好像我们是最后一次一起围坐在圆桌旁，头顶上面是点着五支蜡烛的五分枝黄铜枝形灯架，好像我们最后一次用绿色藤蔓枝叶花边的旧盘子吃饭，好像我们最后一次如此亲密无间地彼此倾心交谈。我感觉自己犹如经历一次告别。我人虽还在那里，心却早已去了远方。我既想念着母亲、父亲和兄弟姐妹，同时又渴望和那个女人在一起。

父亲朝我看过来。“我明天又要上学去了——你是这么说的，是吗？”

“是的。”就是说，他也注意到了，我问的是他而不是母亲，我之前也没有提过。我心里想，是否应该回去上学。

他点点头。“那我们就让你去上学吧。如果你觉得受不了，那你同样可以重新待在家里。”

我很高兴。同时我有种感觉，现在告别已经完成。

8

接下来的几天里，那个女人上早班。她中午十二点回家，我就日复一日地旷最后一节课，好在她家门口的楼梯平台上等她回来。我们洗完澡做爱，快要到一点半时，我急匆匆地穿上衣服冲出门去，一点半是我们家的午餐时间。周日十二点就吃午饭了，不过她早班的上下班时间也会相应延后。

我宁愿放弃洗澡。她特别爱干净，早上已经冲过澡。我喜欢闻她的香水味、新鲜的汗味以及她上班带回来的有轨电车的味道。可我也喜欢她湿漉漉的有肥皂味的身体。我喜欢她给我用肥皂擦身，也喜欢用肥皂给她擦身，然后她教我做这种事别难为情，而是要彻彻底底、理所当然地占有。即便我们做爱时，她也理所当然地占有我。她的嘴占有我的嘴，她的舌头和我的舌头玩耍，她告诉我该从哪儿以及如何触摸她，当她骑在我上面，直至她达到高潮，我只是为她而来，因为她和我一起寻找快感，并且在我身上寻找快感。并非她不温柔，并非她不给我带来快感。可她做这事就是为了自己游戏一样的乐趣，直至我也学会如何占有她。

那是后来发生的事。我永远没有完整地去学。我也早就不缺乏这个。我年轻力旺，很快就会达到高潮，当我之后又慢慢生龙活虎时，我喜欢让她占有我。当她伏在我上面时，我注视着她，注视着她的肚子，在那肚脐眼上方露出一道很深的皱褶，我注视着她的乳房，她的右乳要比左乳略大一点，我注视着她的面孔和张开的嘴巴。她将双手撑在我的胸上，然后在最后一刻向上撕扯，抬起头来，发出轻声啜泣的吼叫，像是漱口般的咕噜声，第一次听到时我吓了一跳，后来却开始贪婪地渴望着这种吼叫。

之后，我们筋疲力尽了。她常常伏在我身上就睡着了。我听到院子里的锯子声和师傅们干活时的大声叫嚷，他们的声音盖过了锯子的噪声。当锯子声安静下来，车站大街上的交通噪声开始若隐若现地传入厨房。要是听到孩子的叫嚷声和玩耍声，我就知道放学了，时间已过了一点。中午时间那位邻居回家，将鸟食撒落在他家阳台上，鸽子飞来，咕咕叫着。

“你叫什么名字？”在第六天还是第七天的时候我问她。她伏在我身上睡着了，这时刚刚醒来。在这之前我避免用到您或你的称呼。

她惊跳起来。“什么？”

“你叫什么名字？”

“为什么你想知道这个？”她疑惑地看着我。

“你和我……我知道你的姓，但还不知道你的名。我想知道你的名，有什么……”

她朗声大笑。“没什么，小伙子，问这个没什么错。我叫汉娜。”她继续大笑，笑个不停，也感染了我。

“你的眼神好滑稽。”

“我还在半梦半醒之间。你叫什么名字？”

我原以为她早就知道我的名字了。那时刚好时兴不再把学习用品放在书包里，而是夹在腋下，而我把它们放到她家厨房桌子上时，我的名字就在最上面，在本子上，也在我学习的课本上，课本用牛皮纸包起来，并且贴上了标签，那上面写着课本名称和我的名字。可她并没有注意到。

“我叫米夏埃尔·贝格。”

“米夏埃尔，米夏埃尔，米夏埃尔。”她试着说出这个名字，“我的小伙子叫米夏埃尔，是个大学生……”

“中学生。”

“……是个中学生，是，什么，十七岁吗？”

我很自豪她多说了我两岁，于是点点头。

“……是十七岁，等他长大了，将是一个著名的……”她犹豫不定起来。

“我不知道自己想做什么。”

“可你学习很用功。”

“那好吧。”我告诉她，在我看来她要比学习和学校更重要。我也喜欢经常到她那里去。“我反正要留级了。”

“你在几年级留级？”她坐起来。这是我们彼此开始的第一次真正的对话。

“在六年级[1]。最近几个月，我因为生病缺课太多。要是还想升入高年级，我就得干活干到无聊透顶。我就得现在还在学校里待着。”我跟她说起逃课的事。

“滚！”她一把掀开鸭绒被，“滚出我的床。如果不好好

1 德国九年制中学的六年级。

干你的活，你就再也别回来。你干的活很无聊？很无聊？卖票打孔你以为是干什么？”说完她站起来，赤身裸体地站在厨房里，然后扮演售票员的角色。她左手翻开装有车票簿的小夹子，用同一只手上戴着橡皮顶针的拇指扯下两张车票，摆动着右手，好让自己抓住在手关节那里晃动的钳子把手，然后给两张车票打孔。“两张罗尔巴赫。”她放下钳子，伸出手来，拿走纸币，在她的肚子前打开钱袋，将那张纸币塞入，又重新啪的一声合上钱袋，随后从挂在钱袋外面的硬币罐子里压出零钱来。“谁还没有买车票？”她注视着我，“无聊？你不知道什么叫无聊。”

我坐在床沿，仿佛麻木了一样。“我很抱歉。我会好好干我的活。我不知道自己是否还能赶得上，六周后整个学年就结束了。我会努力。可我做不到看不到你。我……”起先我想说：我爱你。可后来我不愿意说了。她也许说得对，无疑她说得对。可她无权要求我多念书，我们是否见面也不能取决于这一点。“我不能看不到你。”

过道里的挂钟打点报时：一点半。“你得走了，”她迟疑着说，“从明天起我上白班。五点半下班——然后我就回家，你也可以过来。如果你在此之前干完了你的活。”

我们面对面一丝不挂地站着，可即便她穿着制服，也该不会比现在这样更加拒绝见我吧。我不明白这种情况。是她在关心我吗？还是她关心她自己？如果我干的活无聊，那么她干的活尤其无聊——这一点让她受委屈了吗？可我根本没说，是我干的活很无聊还是她干的活很无聊呀。要么她不想让一个窝囊废成为她的情人？可我是她的情人吗？对她而言我是谁？我磨磨蹭蹭地穿衣服，希望她会说点什么。可她什么也没说。我已经穿好了衣服，她还一直一丝不挂地站着，当我拥抱她和她告别时，她也没有做出任何反应。

9

为什么回首往事，会让我变得如此伤心？那是怀念逝去的幸福吗？在之后的几个星期里我感到很高兴，因为在那段日子里，我真的干活干到无聊透顶，顺利升入了高年级，而且我们一直在做爱，仿佛除此之外世上再没有其他事似的。难道是我明白之后会发生的事，而且知道它一直就在那里存在着吗？

为什么？为什么回首往事时，曾经美好的东西会让我们隐隐约约地体会到那里隐藏着丑陋的真相？为什么当发现我们的另一半一直以来拥有着一个情人时，它就会使我们失去对幸福婚姻生活的回忆？是因为一个人遇到这样的情况就不可能感到幸福吗？可他当时不是感到很幸福吗？有时候，当结局令人痛苦时，这种回忆的幸福感就会大打折扣。因为唯有永久拥有，幸福才是真实的吗？因为唯有是痛苦的、无意识的以及浑然不知的东西，才可能痛苦地结束吗？可无意识的、浑然不知的痛苦又是什么呢？

我回想着从前，看到自己出现在面前。那时我一直穿着时髦优雅的旧西装，那是一个有钱叔叔留给我的，这些西装和好几双双色鞋子一起，它们或黑棕色，或黑白色，或是麂皮和牛皮，都会落到我的手上。我的胳臂和大腿都太长，母亲把那些西装放大之后，我穿着也不合身，但对我活动的协调性却有好处。我的眼镜是医保公司认可的那种廉价式样，我的头发像是一只蓬乱的拖把，我可以随心所欲地弄成自己喜欢的模样。我在学校里的表现中不溜儿。我想很多老师并没有把我放在眼里，那些在班上呼风唤雨的同学也没有。我不喜欢我的外表、我的穿着、我的举止、我取得的成绩以及具有的价值。可是我的心里究竟藏有多少能量，拥有多少信心，可以让我有朝一日成为英俊聪明、头脑冷静而又值得钦佩的人？又有多少期待，可以让我遇见新人和新处境？

难道是这些东西让我变得忧伤了吗？还是我那种热情和信念令我忧伤？这种信念当时萦绕在我的心里，并从我的人生中提取了一个永远无法信守的诺言？有时，我在孩童和青少年的脸上看到同样的热情和信念，而我也怀着同样的忧伤看到它们，我怀着这样的忧伤回想自己。这种忧伤就是地地道道的忧伤吗？当回首往事，美好的记忆变得支离破碎，难道就是这种忧伤猛然攫住了我们的心吗？因为记忆中的那种幸福不仅存在于当时的现实处境，而且也存在于一种没有信守的诺言中？

她——我应该开始称她为汉娜了，正如我当时已经开始称她为汉娜一样——然而她不是存在于一种诺言中，而是存在于且仅存在于现实处境中。

我向她打听过她的过去，可看起来好像她在一个尘封已久的箱子里搜寻出东西来回答我。她在特兰西瓦尼亚[1]长大，十七岁来到柏林，在西门子公司做工人，二十一岁当了兵。战争结束之后，她靠着所有可能的工作勉强度日。有轨电车售票员的工作她已经做了多年，她喜欢有制服穿，人可以活动，场景有变化，脚下轮子在转动。否则她就不会喜欢这份工作了。她没有成过家。她三十六岁。她说这一切的时候，

1　该地区历史复杂多变，后为奥匈帝国匈牙利王国一部分，一战后并入罗马尼亚。

仿佛那不是她的生活，而是另外一个人的生活，她并不熟识此人，此人跟她无关似的。我想知道更清楚一些的东西，她却往往语焉不详，她也不明白为何我会对这些问题感兴趣：她父母是干什么的，她是否有兄弟姐妹，她在柏林过着怎样的生活，她当兵时都在干些什么。“你什么都想知道呀，小伙子！”

提到未来的话题，也是一样。当然我并没有考虑过结婚成家的计划。可我感兴趣更多的是于连·索黑尔对德·瑞那夫人的关系而不是他对玛蒂尔德的关系[1]。我发觉费利克斯·克鲁尔到头来宁愿喜欢投入母亲而不是女儿的怀抱[2]。我大姐在大学攻读德语语言文学专业，她在饭桌上谈起曾经有过一个争执，歌德先生和施泰因夫人是否有过恋爱关系，而我却坚决为他们的恋情辩护，让家人感到很惊愕。我在想象，五年或者十年之后我们的关系会是怎样。我问汉娜，她是如何设想这件事的。一直到复活节来临之前她压根儿就没有想过，是否我愿意和她在假期里一起骑车外出。我们完全可以以母子名义预订一个房间，可以整个夜晚待在一起。

---

1 法国作家司汤达（Stendhal，1783—1842）的长篇小说《红与黑》中的故事。

2 德国作家托马斯·曼（Thomas Mann，1875—1955）的长篇小说《大骗子克鲁尔的自白》中的故事。

很奇怪的是，这样的设想和建议并没有让我觉得很难堪。若是和母亲一起旅行，我肯定要为自己争取单独房间了。让母亲陪着去看病或者买一件新大衣，或者旅行回来让她去接，都让我觉得和我的年纪已经不相称。当我和母亲走在路上遇见同学，我很害怕被他们视为妈妈的乖宝宝。可是和汉娜一起出去被人看见，我却觉得无所谓，虽然她要比我母亲年轻十岁，但也完全可以做我母亲。我反而觉得很自豪。

今天，如果看到一个三十六岁的女人，我会觉得她很年轻。可是，如果今天看到一个十五岁的男孩，我看到的却是一个孩子。我很惊讶，汉娜给了我多么大的自信。我在学校里表现不俗，令老师对我刮目相看，他们的尊重也带给我自信。我遇见的那些女孩子发觉我不会怕她们，她们也喜欢我这样。我感到浑身舒坦。

回忆虽然照亮了我和汉娜最初的几次相遇并且让它们牢牢定格下来，却也让我们的谈话和学年结束之间的那几周时间变得彼此渐渐模糊起来。其中一个原因是我们的见面是有规律的，而且我们的见面有着同样的程式。另外一个原因则是，我之前从未有过如此满负荷的日子，我的生活还从未如此快速而密集过。一想到那几周的作业，我觉得仿佛自己坐在了写字台前，而且在桌子旁干坐着，直至我补上得了黄疸病之后耽误的所有功课：学会了所有的词汇，看完了所有的课文，推导了所有的数学证明，熟悉了所有的化合物化学式。魏玛共和国和第三帝国的书籍我已经在病床上看过了。在我的记忆里，我们的相会是唯一漫长的相会。自从我们那次谈话之后，这样的相会总是发生在下午：如果她上晚班，那就从三点到四点半，否则就从五点半开始。七点是吃晚饭时间，起先汉娜还催促我准时回家。可过了一段时间后，我一待就不止一个半小时了，于是开始编造借口，不想回家吃饭。

这是因为有了朗读的缘故。就在我们谈话之后的第二天，汉娜问我在学校里学些什么。我跟她讲荷马的史诗，西塞罗[1]的演讲，海明威的那篇老人和鱼和大海战斗的故事。她想听听希腊语和拉丁语的语言是怎样的，我给她朗读《奥德赛》和《反喀提林演说辞》中的片段。

“你也学德语吗？”

“你是指什么？”

---

1 西塞罗（Marcus Tullius Cicero，前106—前43），古罗马政治家、律师、作家、演说家和哲学家，公元前63年当选为罗马执政官。《反喀提林演说辞》共有四篇，为其著名演说辞。

“你是只学外语，还是在本国语言方面也学一些东西？”

“我们阅读课文。”在我生病期间，我们班读了《爱米丽雅·迦洛蒂》[1]和《阴谋与爱情》[2]，读完之后还得撰写一篇论文。也就是说，我得读完这两部戏剧，可我要等到做完所有其他的功课才能开始阅读。但到那时就太晚了，我很累，因此看过的东西，到第二天就再也记不得了，于是只好重读一遍。

“朗读给我听吧！”

“你自己读吧，书我给你带过来。”

“你的嗓音那么好，小伙子，我更喜欢听你朗读，而不是我自己读。”

“哦，我不知道。”

可当我第二天过去，想吻她时，她却躲开了。“你得先给我朗读。”

她不是在开玩笑。我得先给她朗读半小时的《爱米丽雅·迦洛蒂》，她才带我淋浴，再带我上床。现在我也喜欢上淋浴

1　德国启蒙运动时期重要剧作家、诗人莱辛（Gotthold Ephraim Lessing，1729—1781）的悲剧作品。

2　德国作家席勒（Friedrich Schiller，1759—1805）的戏剧作品。席勒被誉为德国历史上最重要的剧作家、诗人之一。

了。我过来时怀有的欲望，在朗读之后消失殆尽。要把一部戏剧朗读到还可以认出各种各样的演员，让他们都活灵活现，那需要集中一定的注意力。一淋浴，欲望又重新萌发。朗读、淋浴、做爱，然后再一起稍稍躺上一会儿——这成了我们相会的程式。

她是一个全神贯注的听众。她的笑声、轻蔑的喘息声以及或愤怒或赞许的叫喊声不容怀疑：她正好奇地顺着故事的情节走，将爱米丽雅和露易丝视为缺乏教养的傻妞。她有时请我继续读下去时的那种烦躁，是希望让愚蠢最终了结。“这可不是真的呀！”有时，情节迫使我自己继续读下去。当白天变得更漫长，我朗读的时间也更漫长，刚好在黄昏时分和她上床。当她伏在我身上入睡，院子里听不到锯子声，乌鸫在歌唱，厨房里物品的色彩中只剩下越来越浅和越来越暗的灰色调时，我感到幸福满满。

10

复活节假期第一天，我凌晨四点起床。汉娜上早班。她在四点一刻骑车到有轨电车停车场，四点半从那里乘坐有轨电车到施韦青根。她跟我说过，在去的途中，电车往往是空车，回程时才会满员。

我在第二站上了车。第二节车厢里没有人，汉娜在第一节车厢，站在司机旁边。我在犹豫，究竟该坐在前面那节车厢，还是后面那节车厢，后来决定坐在后面那节。后面那节车厢具有私密性，可以来一个拥抱，或者一个接吻。可汉娜没有过来。她一定看到了我在车站候车然后又上了车。正因为如此，电车才会停下来。可是她站在司机身边，和他有说有笑的。我可以看到这一幕。

电车从一个个车站直接驶过。没有人站在车站候车。大街上空无一人。旭日还没有东升，在白色的天空下，一切朦朦胧胧地笼罩在苍白的光线之中：屋舍、停放的汽车、刚刚变绿的树木以及鲜花盛开的灌木，煤气包以及远方的群山。电车行驶很慢，估计是时刻表考虑了行驶时间和停车时间，而因为没有了停车时间，行驶时间就得相应拉长。我被困在缓慢行驶的电车上。我先是坐着，后来站到车厢前面的平台上，试图盯着她看。她应该从背后感觉到了我的目光。过了一会儿，她转过身来，热切地注视着我。然后她又和司机说笑开了。电车继续行驶。过了埃珀尔海姆之后，轨道不是铺设在大街上，而是铺设在大街旁边一条用碎石铺成的路基上。电车行驶得快些了，伴随着铁轨均匀的丁当声。我知道这条线路要途经其他地方，最终驶往施韦青根。可我感觉自己被排除和驱逐出了这个人们居住、工作和热爱的寻常世界。仿佛我活该要坐在一辆空无一人的车里，踏上了一段漫无目的、没有尽头的旅程。

然后，我看到一座车站，空旷的原野上有一座候车小屋。我拉了下绳子，售票员以此给司机传递信号，叫他停车或者出发。电车停下来了。虽说有按铃的信号，但无论是汉娜，还是司机，都没有朝我后面望一眼。我下车时，感觉他们俩好像在对着我大笑。可我不敢肯定。之后，电车开动了，我目送它远去，它先是驶入一块洼地，然后消失在一座山丘后面。我站在路基和大街之间，四周是田野、果园，再远一些是一个不大的暖房苗圃。空气清新。鸟儿啁啾。群山之上，白色的天空闪耀着粉红色的光芒。

这次电车之旅犹如一场噩梦。要不是我的这次遭遇如此清晰地存留在我的记忆里，我真想将它视为一场真正的噩梦。站在车站旁，听着鸟儿歌唱，看着旭日东升，仿佛如梦初醒。可是，从噩梦中醒来，未必让一个人感到轻松释然。它也有可能让人真正觉察到，他做了一个多么可怕的梦，也许甚至在梦里遇见了多么可怕的真相。我动身回家，眼里噙满泪水，一直走到埃珀尔海姆，才停止哭泣。

我步行回家。几次想搭便车，但没有搭成。走路走到一半的时候，有轨电车从我身旁驶过。车上满载着乘客。我没有看到汉娜。

十二点，我在她家门口的楼梯平台上等她，感到伤心、恐惧而又愤怒。

“你又逃课了吗？”

“我放假了。今天早上是怎么回事？”她打开家门，我跟着她走进屋子，走进厨房。

“今天早上究竟是怎么回事？”

“你干吗要装作不认识我的样子？我本来想……”

“我装作不认识你的样子了吗？”她转过身来，冷冷地看着我的脸，“是你不想认识我呀。你上了第二节车厢，你不是看到我在第一节车厢吗？”

“为什么我要在假期的第一天凌晨四点半到施韦青根去？难道不是因为我想给你一个惊喜吗？因为我想你会高兴的。我在第二节车厢……”

“你这个可怜的孩子。四点半就已经起了床，而且还是在你放假的时候。”我还从未体验过她的冷嘲热讽。她摇摇头：“我怎么知道你为何要到施韦青根去？我怎么知道你为何不想认识我？那是你的事，不是我的事。你现在就要走了吗？”

我无法形容我有多么气愤。“这不公平，汉娜。你已经知道，你一定知道我只是为了你才和你乘坐同一趟车。你怎么会认为我居然不想认识你呢？我要是真的不想认识你，我绝不可能和你乘坐同一趟车。”

“哦，别打搅我。我跟你说过，你做什么是你的事，不是我的事。”她站立的位置恰好使厨房里的桌子横隔在我们之间，她的目光、她的声音以及她的姿势将我视为闯入者，敦促我离开。

我坐到长沙发上。她对待我的态度很恶劣。我本想当面质问她。可我根本无法接近她。相反，她在对我口诛笔伐。我开始变得没有把握起来。难道她说得对吗？但不是从客观上，而是从主观上？她有可能或者她一定是误解我了吗？我伤了她的心吗？尽管我不是故意，也有违我的本意，可恰恰还是伤了她的心吗？

“我很抱歉，汉娜。一切都被我搞砸了。我没有想要伤你的心，可看起来……”

“看起来？你以为看起来你伤了我的心？你不可能伤我的心，你不可能。你现在终于要走了吗？我工作过了，我想洗澡，我想休息。”她挑衅般地看着我。看到我并没有站起来，她耸耸肩，转过身来，往浴缸里放水，然后脱下衣服。

此刻我站了起来，拂袖而去。我原以为我会永远离开。可半小时后，我又站在了她家门口。她让我进屋，我承担了一切过错。是我做事心不在焉、无所顾忌、铁石心肠。我明白她的心受伤了。我也明白她的心并没有受伤，因为我无法伤她的心。我明白我无法伤她的心，但我的行为她完全容忍不了。最后，当她承认我伤到她的心时，我很高兴。也就是说，她并非像她表现的那样无动于衷，那样漠不关心。

“你原谅我了吗？”

她点点头。

“你爱我吗？”

她又点点头。“浴缸里的水还满着。过来，我给你洗澡。”

后来，我问过自己，是否因为她知道我还会回来，才会把水存放在浴缸里。是否她脱下衣服，是因为她知道我不会忘记这件事，它会把我带回来。是否她只是希望赢得权力游戏。当我们做爱，躺在一起，我向她讲述我为何上第二节车厢而不是第一节车厢时，她取笑我道：“甚至在有轨电车上你也想和我来这个吗？小伙子，小伙子！”仿佛我们吵架的起因本来就毫无意义似的。

可是，吵架的结果却是有意义的。我不只是输了这次吵架。在匆匆的短兵相接之后，当她威胁要拒绝我，要回避我时，我缴械投降了。在接下来的几周时间里，我连匆匆的短兵相接的机会都放弃了。当她威胁我时，我立即无条件地缴械投降了。我将一切过错揽到自己头上。我承认没有犯过的错误，供认从未抱有的企图。当她变得冷酷无情时，我就乞求她和我重新和好如初，原谅我，喜欢我。有时我感觉，似乎她本人也为自己的冷漠无情和麻木不仁而痛苦。仿佛她渴望从我的道歉、保证和誓言中获得温暖。有时我想，她只是一味地战胜我。可无论如何，我都没有任何选择的余地。

我不能和她谈及此事。谈论我们的争执，只能引发新一轮的争执。我给她写过一两封长信。可她没有任何反应，而当我向她打听情况，她反问道："你是不是又要没事找事了？"

11

复活节假期第一天之后，我和汉娜自然并没有就此不欢而散。我们从来没有比在四月里的那几周过得更乐不可支的了。我们第一次的吵架，我们所有的吵架有多么装模作样——凡是能够打破我们朗读、淋浴、做爱以及躺在一起这些常规动作的所有一切，都对我们有好处。此外，她确定了她的指责，说是我不想认识她。如果我想和她一起露面，她不可能提出原则性的反对意见。“那么说你是不想被人看到和我在一起啰”——她不希望听到这样的话。于是，在复活节之后的那一周，我们骑着自行车出发了，在温普芬、阿莫尔巴赫和米尔滕贝格游玩四天时间。

我不知道自己和父母怎么说的。说我和朋友马蒂亚斯一起外出旅行吗？和一群人？说我去看望以前的一个同班同学？估计母亲和以往一样会担心，而父亲也和以往一样，认为她不应该担心。我不是偏偏跟得上功课吗？可之前不是谁都不相信我能做到吗？

生病期间，我没有花过自己的零花钱。可要是我也想给汉娜花钱的话，那这点钱恐怕就不够了。因此，我准备到圣灵教堂那里的集邮商店卖掉我的集邮册。这是唯一一家在门口告知收购集邮册的商店。营业员粗略翻阅了一下我的集邮册，愿意出价六十马克。我给他展示我的珍品，那是一张埃及金字塔邮票，剪切很到位，目录里标价四百马克。他耸耸肩，说既然我那么喜欢自己的藏品，或许应该好好留下它才是。我究竟该不该把它卖掉？我的父母会对此怎么说？我试图跟他讨价还价。我说若是金字塔邮票不值钱，那我干脆先留下它算了。然后他说这样的话他就只能给我三十马克。这么说这张金字塔邮票还是挺值钱的了？到最后他给了我七十马克。我感觉自己受骗上当了，可也无所谓了。

不仅我才有旅行前的激动心情。令我惊讶的是，汉娜早在旅行前几天就开始心神不定。她反反复复地考虑该带些什么，把我为她准备好的她已经装入工具包和背包里的东西翻了个底朝天。当我想在地图上指给她看我考虑好的路线时，她却什么都不想听，什么都不想看。“我现在太激动了。你好好安排就行，小伙子。”

我们在复活节星期一那天启程了。阳光灿烂，一直灿烂了四日之久。早晨有点凉意，一到白天就很暖和了，虽然还没有暖和到可以骑车，但足以野炊。森林披着绿色的地毯，由一些黄绿色、淡绿色、深绿色、青绿色以及暗绿色的圆点、色块和光斑组成。在莱茵平原，第一批果树开始开花。在奥登瓦尔德，连翘恰好也已盛开。

我们常常并排骑行，然后指着我们看到的景物：城堡、垂钓者、河里的船舶、帐篷、河岸边排成一列纵队前进的一家人、美国敞篷大轿车。要是我们选择了另外一个方向和道路，我就得骑在前面。她不愿关心方向和道路的事。除此之外，如果车流过密，时而她骑在我后面，时而我骑在她后面。她那辆自行车配置有隐蔽式车条、踏板以及齿轮，她穿了一条蓝色连衣裙，宽大的裙子在迎风飘舞。我一开始有点担心，过了片刻之后才不再害怕她的裙子被卷入车条或齿轮里，不再害怕她摔倒在地。之后，我就喜欢看到她在我前面行驶。

我多么兴高采烈地期盼那些夜晚来临呀。我设想过，我们做爱，睡觉，醒来，再做爱，再睡觉，再醒来，如此反复，日以继夜，夜以继日。可我只在第一个夜里醒来过一次。她背对着我躺着，我俯身吻她，她翻转身来，将我揽入怀里抱住。“我的小伙子，我的小伙子。”然后我就躺在她怀里安然入睡。其他几个夜晚，我们一觉睡到天亮，因为骑车累了，遭日晒风吹也累了。我们在早上做爱。

汉娜不仅把选择方向和道路的事托付给我，还由我选择我们过夜的乡村客栈。我们作为母子登记住宿，她仅仅在登记表上签上名字，我还不仅为自己，也要为她在菜单上挑选饭菜。“我喜欢什么都不用操心。”

我们唯一一次争执发生在阿莫尔巴赫。那天我醒得早，便轻轻穿上衣服，悄悄溜出了房间。我想买好早点带回房间，也想看看能否找得到开门营业的花店，好给汉娜买上一朵玫瑰。我给她留了张纸条放在床头柜上。“早上好！我去买早点，马上回来。”或者诸如此类的留言。等我回来时，她站在房间里，身体半裸，气得直发抖，脸色煞白。

“你怎么能一走了之呢？”

我放下放着早餐和玫瑰的托盘，想要拥她入怀。“汉娜……”

“别碰我……”她手里拿着一根细小的皮腰带，那是用来系住她的连衣裙的，她后退一步，然后拿腰带对着我的脸抽去。我的嘴唇开裂了，我闻到了血腥味。我不觉得疼。我吓死了。她又一次向后挥动胳臂。

但她并没有再打过来。她放下胳臂，扔下腰带，放声大哭起来。我还从未看到她哭过。她整个脸都变形了。眼睛睁得很大，嘴巴也张得很大，眼皮因为流下眼泪而浮肿，脸颊和脖子上有了红色斑痕。她嘴里冒出沙哑的带喉音的声响，这跟我们做爱时她发出的那种毫无声调的叫喊相似。她站在那里，眼泪汪汪地注视着我。

我真应该拥抱她。可我做不到。我不知道该怎么办。我们家里没有人这么哭过。他们不打人，不会用手，尤其不会用皮带。有话可以慢慢说。可是我该说些什么好呢？

她跨出两步走到我跟前，投入我怀里，对我捶胸顿足，紧抓住我不放。现在我可以抓住她了。她的肩膀在颤动，她的额头抵住我的胸口。然后她深深地叹息了一声，偎依在我怀里。

“我们吃早饭吗？”她一把松开我。“我的天，小伙子，瞧你这副样子！”她拿来一条湿毛巾，擦干净我的嘴巴和下巴。“衬衫上也全是血。”说完她脱下我的衬衫，然后脱下我的裤子，最后脱下她自己的衣服，于是我们做爱了。

“究竟怎么了？为什么生那么大的气？”我们躺在一起，那么心满意足，我想现在一切就该水落石出了。

“怎么了？怎么了？你总是问得那么愚蠢。你不能说走就走呀。”

“可我不是给你留了张纸条……”

“什么纸条？”

我坐起来。我本来是把纸条放在床头柜上的，可那张纸条已经不在那里了。我站起来，在床头柜旁边和下面寻找，在床上寻找，也在床下寻找。我找不到。“我搞不明白。我给你写了张纸条，说我去买早饭，马上回来。”

“你写过纸条？我没有看到。”

“你不相信我吗？”

“我很乐意相信你。可我没看到纸条。”

我们不再争执。难道是一阵风吹来，吹走了纸条，不知道把它吹到哪儿去了吗？难道一切都是误会，她的愤怒，我裂开的嘴唇，她受伤的脸，我的无可奈何？

我真应该继续寻找，寻找那张纸条，寻找汉娜愤怒的原因，寻找我无可奈何的原因吗？“你再朗读一段吧，小伙子！”她依偎在我身上，于是我拿出艾兴多夫[1]的《一个饭桶的生涯》，从上一次结束的地方继续朗读。《一个饭桶的生涯》很容易朗读，要比《爱米丽雅·迦洛蒂》和《阴谋与爱情》容易。汉娜又饶有兴致地听我朗读。她喜欢书中的诗歌。她喜欢主人公在意大利陷入的乔装打扮、阴差阳错、个人纠纷以及追情逐爱困境。同时，她又对他是一个饭桶，他的无所作为，无能为力，以及他不愿意自己有所作为而生气。她心中犹豫不定，在我结束朗读好几个小时之后还提出问题："税务员——这不是好职业吗？"

既然我又一次如此不厌其详地谈及我们的争执，我也愿意谈谈我们的幸福。这次争执使我们彼此之间的关系变得更亲密无间了。我看到她痛哭过。汉娜，她也会痛哭，这要比仅仅坚强的汉娜更让我觉得亲近。她开始展示温柔的一面，那是我还没有见识过的。她反复端详我那裂开的嘴唇，轻轻地触摸它，直至它痊愈。

我们换一种方式做爱。一直以来，我完全沉湎于她的掌控，她的占有。然后我也从她那里学会了占有。在我们的这

1 艾兴多夫（Joseph von Eichendorff, 1788—1857），德国浪漫派抒情诗人和作家。其小说《一个饭桶的生涯》至今依然拥有众多的读者。

次旅行中，并且从这次旅行开始，我们不再仅仅彼此占有。

我有一首诗，是我当时写下的。作为诗它一文不值。我当时痴迷于里尔克[1]和贝恩[2]的诗歌。我认识到自己想同时竭力仿效他俩的诗作。可我现在也可以再一次认识到，我们当时彼此是多么亲近。我这首诗是这么写的：

当我们敞开心扉
你向我敞开，我向你敞开，
当我们沉迷
你沉迷于我，我沉迷于你，
当我们消失
你在我心里，我在你心里。

从此以后
我还是我
而你还是你。

---

1 里尔克（Rainer Maria Rilke，1875—1926），奥地利诗人，被誉为现代派文学最具影响力的诗人之一。

2 贝恩（Gottfried Benn，1886—1956），德国现代最杰出的表现主义诗人之一。

12

对要和汉娜一起出去，当时如何向父母撒谎的，我已经没有什么印象，但为了一个人能在假期最后一周留在家里，我对自己不得不付出的代价至今依然记忆犹新。我不知道父母、大姐和大哥上哪儿旅行了。问题出在小妹身上。她原本应该到她的一个小伙伴家里去。但如果我待在家里，她也想待在家里。父母亲不希望这样。这样的话，我也应该到我的一个小伙伴家里去。

回首往事，父母亲愿意让我一个十五岁的孩子独自留在家里一个星期，我觉得这是一件值得大书特书的大事。他们难道注意到，我因为遇见了汉娜，心里萌生独立性了吗？或是他们注意到，虽然生病数月，可我仍然跟得上学业，由此看来，我要比他们之前认识到的更有责任感、更值得信赖吗？我也不记得，当时因为在汉娜家里度过了那么多时光，自己说过什么样的理由。看来，父母亲相信我在痊愈之后，想要经常和朋友们在一起，一起学习，一起度过课余时光。反正四个孩子已经够折腾人的了，父母亲的注意力不可能集中到每个人身上，而只能集中到可能会惹出特别麻烦的那个人身上。我惹的麻烦够多够久了。只要我身体康复，又能够顺利升入高年级，父母亲就会放下心来。

当我问及小妹，她要得到什么才会到小伙伴那里去，而我可以待在家里时，她提出要一条牛仔裤和一件套衫。我们当时说的牛仔裤，是蓝布牛仔裤或者叫斜纹布工装裤；而套衫呢，是那种丝绒套头毛衣。她的要求我能理解。牛仔裤当时还是有点特别、有点时尚的服装，此外它还预示着从人字纹西装和大花图案的连衣裙中解放出来。否则就像我得穿叔叔穿过的衣服，小妹也得穿大姐穿过的衣服。可我兜里没有钱。

“那你去偷！”小妹露出一脸无所谓的神情。

这件事情做起来简单得令人吃惊。我试穿了各种各样的牛仔裤，也拿了一条合她尺寸的到试衣间，之后将它藏入很宽松的休闲裤里面溜出了商店。那件套衫我是从考夫霍夫百货商店偷来的。一天，我和小妹溜达到了商店的时装部，从一个摊位找到另一个摊位，终于发现了要找的摊位和套衫。第二天，我迈着急促而坚定的步伐走过时装部，拿起那件套衫藏入宽大的夹克衫内，也悄然溜出店门外。第三天，我为汉娜偷了一件丝绸长睡衣，不慎被考夫霍夫的密探发现，结果没命地奔跑，千辛万苦才成功脱逃。此后多年，我都一直没有踏进考夫霍夫店门一步。

自从那次旅行中我们共度良宵以来，每天夜里我都渴望能感受到她在我身旁，偎依在她怀里，我的肚子紧贴住她的臀部，我的胸膛紧贴住她的后背，我把手放在她的乳房上，夜里醒来时用胳膊寻找她然后找到她，将一条大腿伸到她的大腿上，然后将脸压到她的肩膀上。一个星期独自在家里，就意味着和汉娜共度七个良宵。

一天晚上，我邀请她上我家，我为她做饭。我在给饭菜做最后准备时，她就站在厨房里。当我把饭菜端到餐桌上时，她就站在餐厅和客厅之间敞开着的门扇前。她坐在圆餐桌前，那平时是我父亲坐的地方。她环顾四周。

她的目光在触摸一切：毕德迈尔风格[1]的家具，三角大钢

1 毕德迈尔风格，指1815—1848年间德国的一种文化艺术流派，大多被贴上“平庸”“保守”的标签。

琴，老式落地大座钟，绘画作品，藏有图书的书架，桌上的餐具。当我让她独自待着，我好去准备餐后甜食时，我发现她并不在餐桌前。她从一个房间走到另一个房间，然后站在我父亲的工作室里。我轻轻地倚靠在门柱上，留意她的眼神。她的目光徘徊在满墙的书架上，仿佛在阅读一篇文章。然后她走到书架前，在齐胸高的位置上用右手食指沿着书脊缓缓划过，再走到另一个书架前，继续用手指划过，一个书脊接着一个书脊，然后察看整个房间。她在窗口站住，朝暗处望去，看着书架的反光，看着自己投在玻璃上的影子。

这是汉娜留在我脑海里的一幅幅画面中的一幅。我把那些画面储存起来，以便把它们投射到内心的银幕上，然后观赏它们，它们不会发生任何变化，一直新鲜依旧。有时，我有好久不会想到它们。可我又总是会重新想起它们，然后就可能会是这样：我不得不一再将它们一个接一个地投射到银幕上，再细细打量它们。有一幅画面是汉娜穿着长筒袜待在厨房里。另外一幅是汉娜站在浴缸前，用张开的双手握住浴巾。还有一幅是汉娜骑着自行车，裙子在迎风飘舞。然后就是汉娜在我父亲工作室里的那幅。她穿着蓝白相间的连衣裙，那是当时所谓的衬衫式连衣裙。她穿上后看起来很年轻。她用手指沿着书脊划过，然后向着窗外眺望。此刻，她转身对着我，动作轻快至极，连裙子也在她的大腿周围瞬间飞舞起来，最后才慢慢停止摆动。她的目光看起来很疲惫。

“这些书只是你父亲看过，还是也有他写的呀？”

我知道父亲写过一本关于康德和一本关于黑格尔的书，于是找出来给她看。

“你朗读书中的一段给我听听。你愿意吗，小伙子？”

“我……”我不想读，可也不想拒绝她的要求。我拿起父亲写的那本关于康德的书，选取一段朗读给她听，那是关于分析论和辩证法的一段话，那个段落我和她同样看不懂。“这样行了吗？”

她注视着我，好像她什么都明白，或者好像懂不懂都不重要。“你将来有一天也会写这样的书吗？”

我摇摇头。

“你会写其他书吗？”

“不知道。”

“你会写剧本吗？”

“不知道，汉娜。”

她点点头。之后我们吃餐后甜食，然后再到她那里去。

我好想和她在我的床上睡觉，可她不愿意。她在我家里感觉是个闯入者。她并没有用言语，却是用那种举止说了出来：她站在厨房里或者站在敞开的门扇前，从一个房间走到另一个房间，察看父亲的书籍，和我一起坐着吃饭。

我把那件丝绸长睡衣送给了她。睡衣是紫红色的，有薄薄的背带，露出两肩和两臂，一直长及踝骨。它在闪闪发光。汉娜兴高采烈，朗声大笑，容光焕发。她朝下打量自己，转过身来，舞动了几步，对着镜子瞅，匆匆瞅了一眼自己的样子，又继续舞动起来。这也是汉娜留在我脑海里的其中一幅画面。

13

我一直将新学年的开始视为一道关口。从六年级升入七年级，带给我们一个特别重大的变化。我原先的班级被解散了，学生被拆分到其他三个班级里。相当多的学生跨不过六年级到七年级的那道门槛，因此四个小班被合并成三个大班。

我上的这所文理高级中学，一向只接收男生。当女生也被接收时，起先因为人数太少，她们没法被均匀分派到同年级各班，而是仅仅被指派到一个班级，后来也被指派到两个班级又到三个班级，直至她们在班级中的人数占到三分之一。我原先的班级在我上学时没有那么多女生可分。我们是四班，一个纯男生班。因此，被解散和分派的也是我们班，而不是其他的班级。

直到新学年开始，我们才获悉此事。校长把我们约到一间教室里，告知我们分班和如何分班的事。我和六名同班男同学一起穿过空荡荡的走廊到新的教室。我们被安排坐在剩下的座位上，我坐在第二排。都是单人座位，但纵向三列的座位都有左右两个邻座。我坐在中间那列。坐我左首的是我原来班级里的一个男同学，他叫鲁道夫·巴尔根，是一位国际象棋和曲棍球选手，人高马大，心平气和，值得信赖。我和他在老班几乎没有交集，但马上就成了好朋友。那些女生坐我右首，位于过道的另一边。

我的这位女邻座名叫索菲。她棕色头发，棕色眼睛，皮肤被晒成夏天的那种棕色，裸露的胳臂上有着金色的绒毛。我坐下来，环顾四周，她含笑注视着我。

我回报以微笑。我感觉挺好，高兴地期待在新的班级有一个新的开始，也高兴地期待认识那些女生。我在六年级时留意过我的同班男同学：不管他们的班级里有没有女生，他们都怕她们，对她们躲躲闪闪，在她们面前说大话或者对她们崇拜得五体投地。我了解女人，可以表现得不动声色，和她们保持同志式的友好关系。女生们很喜欢这点。我完全可以在新的班级和她们融洽相处，也会因此受男生欢迎。

所有的人都是这样吗？年少时，我感觉自己总是要么太过自信，要么太不自信。要么觉得自己完全无能、其貌不扬、卑鄙无耻，要么认为自己一向春风得意，因此凡事也必将马到成功。当我觉得自己信心十足时，什么样的困难我都能克服。可哪怕是再微乎其微的失败，也足以确信自己是一个卑鄙无耻的小人。重新赢得自信绝不是成功的结果。相比我期待自己本该取得的成就和渴望从他人那里得到的认可而言，我的任何成功都显得微不足道。我是否感觉到这种微不足道，或者是否为那种成功感到自豪，则取决于我自己的感觉。我和汉娜和谐相处了好几周——尽管我们之间存在争执，虽然她一再拒绝我，虽然我一再贬低自己。而且在进了新班级之后，一个愉快的夏天也如期而至。

此刻，那间教室映入我的眼帘：前面右侧是门，右边墙上是挂衣钩木条，左边是一扇接一扇的窗户，因此可以望得到圣山，课间休息时站在窗口，可以望得见下面的大街、河流以及对岸的草地，而我的前面则是黑板、地图与图表架，齐脚高的平台上还摆放着讲课台和椅子。墙上一直到齐头高的位置刷的是黄色油漆，而再往上刷的是白色油漆，天花板上则吊着两只乳白色球形吊灯。教室里没有多余的物件，没有图片，没有植物，没有多余的单人座位，没有被人遗忘的图书和课本或者彩色粉笔的柜子。目光一转，就会扫视到窗外或者偷窥到邻座们。每当索菲注意到我在注视她，她就把身子转过来，与我相视而笑。

“贝格，索菲娅是希腊名字并不是你在希腊语课上研究你的女邻座的理由。你给我翻译！”

我们在翻译《奥德赛》。我读过德语版，喜欢读，时至今日依然喜欢。只要轮到我，我只需一眨眼工夫就可以找出头绪把它翻译出来。老师拿索菲作弄我，教室里哄堂大笑，当笑声停下时，我却因为其他缘故结结巴巴起来。瑙西卡[1]，以其楚楚动人的身材和美貌进入不朽者之列，她纯洁无瑕，胳臂白嫩——我应该把她想象成汉娜还是索菲呢？一定是她们两人中的一个。

---

1 荷马史诗《奥德赛》中记载，瑙西卡是斯刻里亚国王阿尔喀诺俄斯的女儿，曾拯救过奥德修斯的生命。

14

飞机发动机失灵，并不是飞行的末日即刻来临。飞机不像石头突然从空中坠落。那些装有多个喷气式发动机的大型客机在坠毁之前，还能继续飞行半小时到三刻钟。乘客们什么都感觉不到。飞机在发动机失灵时和正常运行时相比飞行中没有任何异样感觉。失灵后噪声比较轻，但只是稍轻一点而已：比发动机声音更大的是由冲击机身和机翼产生的风声。说不定到了什么时候，乘客们透过窗口一望，看到地面或海洋近在咫尺，才知大限已至。或者飞机上在放映电影，空乘们关闭了舷窗。兴许乘客们甚至觉得飞行时噪声稍轻点还要舒服些呢。

这年夏天，我们的爱情犹如飞机滑翔下降一样，开始跌入低谷。或者更确切地说，是我对汉娜的爱，至于她对我的爱如何，我则一无所知。

我们保留着朗读、沐浴、做爱和躺在一起的程式。我朗读了《战争与和平》，加上了托尔斯泰对历史、伟人、俄国、爱情与婚姻所作的全面阐述，恐怕花了我四五十个小时时间。汉娜又一次好奇地跟着书中的情节发展跑。但这一次跟之前不同，她克制住自己的判断，不再像原来对露易丝或者爱米丽雅所做的那样，把娜塔莎、安德烈和皮埃尔视作她的世界的一部分，而是走进他们的世界，就像人们惊异地进行一次长途旅行，或者踏进一座被允准进入的宫殿，可以在那里稍作停留，慢慢熟悉它，却又没有完全失去畏惧。在此之前我给她朗读的书籍，我都事先熟知。《战争与和平》对我而言也是新书。我们一起进行了一次长途旅行。

我们为彼此想好了爱称。她开始不再仅仅叫我小伙子，而是根据各种不同的特征和亲昵的小名，也叫我青蛙或者蛤蟆，幼狼、卵石或者玫瑰。我一直坚持叫她汉娜，直至她问我："如果你拥抱我，闭上眼睛想起动物，你会想到哪种动物？"我闭上眼睛，然后想着动物。我们彼此偎依地躺着，我的头靠在她的脖子上，我的脖子贴住她的乳房，我的右臂放在她的身下和她的背上，我的左臂搁在她的臀部。我用胳膊和双手抚摸她宽大的后背、坚硬的大腿、结实的臀部，也感觉到她的乳房和她的肚皮紧贴在我的脖子和胸膛上。她的皮肤摸上去光滑柔润，她的下半身强壮有力而又令我心生眷念。当我的手放到她的小腿肚上，我能感觉到那上面的肌肉在持续不断地颤动。这使我想到了皮肤的颤动，马就用这样的颤动试图驱赶苍蝇。“我想到了一匹马。”

“一匹马？”她一把放开我，直起身子，然后注视我。大吃一惊地注视我。

“你不喜欢马吗？我之所以想到这一点，是因为你摸上去那么舒服、光滑而柔润，再往下面坚硬结实。也因为你的小腿肚在颤动。”我跟她解释我的联想。

她看到自己的小腿肚肌肉在颤动。“马，”她摇摇头，“我不知道……”

这不是她一以贯之的态度。换在平时，她完全不会模棱两可，要么赞同，要么拒绝。面对她惊恐的神色，一旦需要，我早已做好准备，愿意收回一切，痛骂自己，请求她的原谅。可我现在试图用马的称谓使她平静下来。“我可以叫你牝马，或者驾吁，或者马驹子，或者小骏马。我想到马时，不是想到马嚼子或者马的头盖骨或者你一向不喜欢的东西，而是想到一些善意、温暖、柔润、坚强的东西。你不是小兔子或者小猫咪，或者老虎——老虎身上有凶恶的东西，你也不是老虎。”

她仰卧着，双臂撑在脑袋后面。此刻我直起身，注视她。她目光呆滞。过了一会儿，她才把脸转向我，脸上的表情充满特有的真挚。“不，我喜欢，如果你把我称作马或者马的其他名字——你能给我解释一下这些名字的意思吗？”

有次我们一起去了邻城的剧院，看了《阴谋与爱情》。那是汉娜第一次看戏，她享受着一切，从演出一直到剧场休息时享用的香槟。我将手臂搭在她的腰上，有人愿意把我们设想成情侣我也觉得无所谓。我对我的这种无所谓感到自豪。同时我知道，若是在家乡的剧院里我就不会觉得无所谓了。她也知道这一点吗？

她知道，在这个夏天，我的日子不再仅仅围着她、学校以及学习转了。到了傍晚，我越发频繁地从游泳场出发去她家。同班的男女同学们在游泳场碰面，一起做家庭作业，踢足球或者打排球，或者玩斯卡特纸牌，或者眉目传情。班里的社交活动在那里举行，而我在场，属于他们中的一员，这对我意义重大。而每每根据汉娜的作息时间，我比其他人来得晚，或者比其他人走得早，这不会有损我的名誉，却使我变成有趣之人。我知道这一点。我也知道自己不会错过任何事，可常常会有种感觉，恰恰就在我不在场的时候，天知道又会有什么奇迹发生呢。是否我宁愿待在游泳场上，而不是待在汉娜家里，我始终不敢问自己这个问题。可七月我生日那天，我是在游泳场里庆祝的，然后只能抱憾离开，却在疲惫不堪、心情郁闷的汉娜那里遭到冷遇。她不知道那天是我的生日。当我问她的生日是哪天时，她告诉我是在十月二十一日，但她并没有接着问我的生日是在哪一天。当她感到疲惫不堪的时候，她的心情也不会比平时更郁闷。可我对她郁闷的心情感到恼火，因此希望离开，到游泳场去，到同班同学那里去，和他们无忧无虑地交谈、开玩笑、嬉闹或者眉目传情。当我也做出心情郁闷的反应，我们陷入争执之中，汉娜将我视作空气一样对待，我却又害怕失去她，只好委屈自己，向她道歉，直至她把我揽入怀中。可我心里还是满怀怨恨。

15

然后我开始背叛她了。

并非我泄露了秘密，或者叫汉娜出丑。本该隐瞒的东西，我并没有吐露；本该吐露的东西，我倒是隐瞒了。我并没有承认有她这个人。我知道否认是不显眼的变相的背叛。一个人是否否认与他人的关系，或仅仅是出于谨言慎行、深思熟虑，避免尴尬和不快，这从表面上无法看出来。可那个并没有承认对方的人，他却是心知肚明的。这种否认和那些惊天动地的变相的背叛一样，破坏了彼此关系的基础。

第一次否认汉娜发生在什么时候，我已经记不得了。在游泳场里那些夏日的下午，和同学之间的关系发展成了朋友情谊。除了在老班认识的我的邻桌之外，在新班我尤其喜欢霍尔格·施吕特尔。他和我一样对历史和文学感兴趣，我和他马上成了知己。他也很快和索菲熟悉起来。索菲住在离我家几条街巷之外，这样我和她去游泳场是同路。起先我告诉自己，和朋友们的熟悉程度还不足以和他们谈及汉娜。后来我就找不到合适的机会、合适的时刻和合适的言辞。到最后，再去谈及汉娜，将她连同年轻人的其他秘密一起显摆就太晚了。我告诉自己，那么晚才谈及汉娜，想必会给人一种错误的印象，以为我是因为我们的关系不合适，因为我深感内疚，才一直隐瞒不说。可是，不管我如何欺骗自己，当我装出让朋友们知道我生命中重要的是什么，却又只字不提汉娜时，我知道是我背叛了她。

他们注意到我并不是完全坦诚相见，这使问题变得更加棘手。一天晚上，我和索菲在回家路上突遇雷阵雨，被困在诺恩海姆费尔德[1]，当时那里还没有兴建大学高楼，只有田野和花园，我们只好躲在那里花园小屋的雨篷下避雨。外面电闪雷鸣，狂风大作，暴雨瓢泼。与此同时，温度也骤降了差不多五度。我们冷得发抖，我搂住她。

1　诺恩海姆费尔德，现为海德堡市区的一部分，系海德堡大学新校区所在地，享有盛誉的大学医学院和附属医院也在那里。

“你？”她没有看我，而是望着外面的雨。

“嗯？”

“你不是生了很长时间的病吗，黄疸病。这就是给你制造麻烦的事吗？你害怕自己再也无法真正康复了吗？医生怎么说来着？你得每天去医院，换血或者输液吗？”

汉娜是一种病。我感到羞耻。可我更不能谈及汉娜。“不，索菲。我的病已经好了。我的肝功能很正常，一年后我甚至可以喝酒了，只要我愿意，可我不想喝。我……”只要哪里涉及汉娜，我就不想说给我制造麻烦的事。“为什么我要迟到或者早退，那是另一回事。”

“你是不愿意谈及此事，还是你其实愿意谈及此事，却不知道怎么谈？”

我是不愿意谈，还是不知道怎么谈？连我自己都说不清楚。可当我们站在那里，在电闪雷鸣之下，在近乎嘎嘎作响的响雷和噼里啪啦的雨声之中，两个人都冻僵了，彼此想要取点暖时，我却有种感觉，我得跟她，恰恰得跟她谈谈汉娜的事。“或许我可以下次谈谈吧。”

可是下次永远没有出现。

16

我从不知道，汉娜不上班或者我们不在一起时，她都在干些什么。每当我问起来，她就拒绝回答我的问题。我们没有共同的生活世界，只是她在自己的生活中给我留有她想给我的那个空间。我不得不知足于此。当我想要拥有更多，想要知道更多，那就是不识好歹。当我们特别幸福地相拥在一起，我会产生一种感觉，现在一切都可以问也允许问，却偏偏发生这样的事：对我的问题，她不是拒绝，而是回避。“你什么都想知道呀，小伙子！”要么她抓起我的手搁到她的肚子上。“难道你希望它有洞眼吗？”要么她掰起了手指头。“我得洗刷，我得熨烫，我得打扫，我得擦灰，我得购物，我得做饭，我得把李子从树上摇下来，拣起来带回家，马上蒸煮后做成果酱装进瓶子里，否则小家伙，”她将左手小指放到右手的大拇指和食指之间，“否则小家伙就独自把它们吃掉了。”

我也从未和她不期而遇过，无论是在大街上，还是在商店里，或者在电影院里，正如她所说，她喜欢并且经常去电影院，而在一开始的几个月里，我总是想和她一起上那里去，可她不愿意。有时我们会说起我们俩都看过的电影。她看电影毫无选择，什么电影都看，从德国的战争片、乡土片，到北美的西部冒险片，一直到新浪潮派电影，而我喜欢好莱坞出品的电影，不管发生在古罗马还是在惊险的西部。我们俩都特别喜欢一部西部惊险片：理查德·威德马克扮演一名治安官，他必须在第二天上午和人决斗，而且注定会输。那天晚上他敲多萝西·麦隆的门，她劝过他逃为上策，可他执迷不悟。她给他开门：“你现在想干什么？你为了这一夜整条命都不要了吗？”当我上她家去，对她充满渴望时，汉娜有时会取笑我：“你现在想干什么？你为了这一小时整条命都不要了吗？”

我和她只有一次不期而遇。那是在七月底或是八月初，放长假前最后几天。

汉娜情绪异常已有好些时日了，爱发脾气，盛气凌人，同时我又感觉到她处在一种压力之下，令她痛苦至极，神经过敏，易受伤害。她在克制自己，压抑自己，仿佛不得不防止自己在压力之下崩溃似的。对我提出的问题——是什么事情令她感到痛苦，她的反应很粗暴。我和她难以融洽相处。至少我不仅感觉到我所遭遇的拒绝，而且也感觉到她的无奈，因此试图和她感同身受，同时又不想多打搅她。有一天，那种压力忽然不见了。起先我以为原来的汉娜又像以往一样回来了。朗读完《战争与和平》，我们没有马上开始朗读新书，我答应再给她找书，而且有很多书可供选择。

可她不想朗读的事。“我给你洗澡吧，小伙子！”

那不是夏日那种闷热，我走进厨房，就像被一件沉甸甸的衣服裹住了一样，透不过气来。汉娜已经打开了加热炉。她放好热水，往水里滴了几滴薰衣草精油，然后给我洗澡。她那条有花纹图案的淡蓝色罩裙里面没穿内衣，在炎热而潮湿的空气下正黏糊糊地紧贴住她汗水淋漓的身体。她让我很激动。我们做爱时，我有种感觉，她想驱使我获得超然于迄今为止所有的感受之外的感受，让我飘飘欲仙至无以复加。她的委身精神也是无与伦比的。并非毫无保留，她从未暴露过她的保留。可仿佛她愿意和我一起沉水而亡。

“现在到你的小伙伴那里去吧。”她和我告别后我就走了。热浪笼罩在屋舍之间，在田野上、花园里，沥青地被晒得熠熠闪光。我脑子里昏昏沉沉的。在游泳场里，我的耳畔充斥着孩子们玩耍打闹的喧嚷声，好像这种声音来自遥不可及的地方一样。我完全穿越了这个世界，似乎这个世界不属于我，我也不属于这个世界。我潜入乳白色的漂白水中，不想重新浮出水面。我躺在其他小伙伴身边，听他们说话，可发现他们说的话既幼稚可笑又毫无意义。

不知从什么时候开始，原来的气氛烟消云散。不知从什么时候开始，这里又成了游泳场上一个普通的下午，夹杂着家庭作业、排球、闲言碎语和眉目传情。当我抬起头望见她时，却一点儿也记不起来当时自己究竟在忙些什么。

她就站在二三十米远的地方，下身穿着西装短裤，上身穿着开领衬衣，腰身上打着结，朝我这边张望。我朝她回望。因为距离远，我看不清她脸上的表情。我并没有立即跳起来，奔到她跟前。我在绞尽脑汁地想，为什么她会出现在游泳场里？是否她希望被我看到或者被别人看到和我在一起？是否我希望被别人看到和她在一起？我们还从未不期而遇过，我该怎么办？然后我站起来。就在我的目光从她身上移开的一刹那，她一溜烟不见了踪影。

汉娜下身穿着西装短裤，上身穿着开领衬衣，腰身上打着结，她的脸转向我，可我看不清她脸上的表情——这也是她留给我的一幅画面。

17

第二天她就走了。我在通常的钟点过来按门铃。透过房门我看到，一切依旧，我听到挂钟滴答滴答地响着。

我又一次坐在楼梯的台阶上。一开始的几个月里，我一直知道她在哪些线路上上班，即便后来我再也没有尝试陪过她或者哪怕只是试图去接她。不知道从什么时候开始，我再也不过问这件事，再也不对这件事感兴趣。直到现在，我才回想起这件事来。

我从威廉广场的电话亭打电话给有轨电车与登山索道公司，电话被转接了好几次，我才获悉汉娜·施密茨没有来上班。我回到了车站大街，从院子里的家具作坊处打听房屋主人，有人给了我一个人的名字和位于基希海姆的地址。我立即心急火燎地上那儿去了。

“施密茨女士吗？她今天上午搬走了。”

“那她的家具呢？”

“家具不是她的。”

“她从什么时候开始住在那个屋子里的？”

“这和你有关系吗？”那个女人透过门口的窗户和我说话，随即把窗户关上了。

在有轨电车与登山索道公司的办公楼里，我到人事部打听。那名主管态度和蔼，却是一副忧心忡忡的样子。

“她今天上午打电话过来，让我们及时安排替代人选，说她不过来了。再也不过来了。”他摇摇头，“两周前，她就坐在这里，就在你坐的椅子上，我们表示愿意给她提供机会，把她培养成司机，可她现在丢开一切不管了。”

又过了几天，我才想起要去户籍登记处。她已经注销本地户籍到汉堡去了，没有留下通信地址。

我情绪低落了多日。我小心提防父母和兄弟姐妹发觉任何蛛丝马迹。吃饭时我和大家一起说点什么，也和大家一起吃点东西，一旦忍不住要呕吐，我就坚持跑到厕所去。我去上学，然后去游泳场。我在那儿一个偏僻场所打发下午的时间，谁也不会找到我。我的身体在渴望汉娜。可比身体的渴望更糟糕的是负疚感。当她站在那里的时候，我为什么没有马上跳起来，奔到她跟前？就这么一个小小的状况，充分暴露了我近几个月以来的半心半意，从中看出我否认了她，背叛了她。她是惩罚我才离我远去的。

有时我试图劝说自己，我看见的那个人不是她。既然我连脸都没有真正看清，我何以能肯定那个人就是她呢？难道即便是她，我也未必认得出她的脸吗？难道说，我也不敢肯定那个人就可能不是她吗？

可我知道那个人就是她。她站着，望着——而一切为时已晚。

第二部

1

汉娜离开这座城市以后，我过了很长时间才不再到处对她翘首盼望，我才习惯于午后没有她的身影，我才在翻阅书本时不再追问自己，是否这些书适合于朗读。过了很长时间，我的身体才不再渴念她的身体；有时我自己发觉，我的胳臂和大腿在睡梦中触摸她，而在吃饭时，大哥作为助兴还多次提到我在睡梦中呼喊过“汉娜”这个名字。我也回想起上课时总是只梦着她，总是只想着她。刚开始几周折磨我的负疚感渐渐消失。我避开她住过的房子，走其他的路，半年后我们家搬到了另外一个城区。并非我就因此把汉娜遗忘了。可不知从什么时候起，对她魂牵梦绕的回忆不再伴随我。回忆留了下来，犹如当火车继续前行，一座城市留了下来一样。

它还在，但不知躲到哪儿去了，你可以过去，确认能否找到它。可你为什么要这么做呢？

在我的记忆中，高中的最后几年和大学的头几年时光，那可真是过得快乐悠哉。但我很少能讲出它们来。我在学习上面没花多少工夫，获得高中毕业文凭和学习出于尴尬选择的法学专业并没有让我觉得很吃力，友情、爱情和别离也没有让我觉得很吃力，没有任何东西让我觉得很吃力。我觉得一切轻而易举，一切举重若轻。或许正因为如此，记忆的烦恼才变得如此微不足道。难道是我认为它微不足道吗？我也在问自己，是否可以完全确定那是快乐的记忆。假如回想更长一些，我会想到足够多丢人现眼和痛心疾首的状况，我知道尽管自己送走了对汉娜的记忆，但无法抹掉这段记忆。在汉娜之后，谁也休想羞辱我或者让我自取其辱，休想使我有罪或者感到负罪，休想让我爱一个人爱到失去她会让我感到心痛的地步——我当时虽然并没有明白无误地考虑过这一点，可还是坚决果断地感觉到了这一点。

我已经养成装模作样的习惯，傲慢自负又自命不凡，我以一种任何东西都无法使我感动、动摇或是迷惘的身份出现。我不参与任何事情。我想起有一位老师，他看出了我这一点，征询我的意见，我却狂妄自大地打发走了他。我也想起了索菲。汉娜离开这座城市不久，索菲就被诊断出患了肺结核。她在疗养院里度过了三年时光，我刚上大学时她才回来。她感觉自己很孤独，想方设法和当年的小伙伴们取得联系，而我觉得进入她的内心并不难。我们睡过之后，她发觉我不是真的对她很感兴趣，于是噙着眼泪问："你出什么事了？你出什么事了？"我想到了我的爷爷，在他去世前我最后几次看望他，其中有一次他想要为我祝福，我却跟他解释说，我不相信这一套，因而没有予以重视。我觉得难以想象的是，做出如此态度之后我当时居然感觉良好。我也想到，一个细心关照的小手势，都会让我激动得说不出话来，不管这手势是针对我还是针对别人。有时，电影里的一个场景就够了。既无所顾忌，又多愁伤感，我对自己感到疑惑不解。

2

再次见到汉娜是在法庭上。

这不是第一次针对集中营的诉讼，也不是一次很大的诉讼。一位教授把这次诉讼作为讨论课的主题，他是当时为数不多的研究纳粹历史和有关法庭程序的人之一。他希望可以借助学生的力量持续不断地跟踪和评估这起诉讼。我现在记不清他当时究竟想要审核、证明或者反驳什么。我记得讨论课上讨论过是否禁止溯及既往的刑罚问题。被用作给集中营哨兵和帮凶判刑的条款，是否早已过了刑法典追究他们行为的时效？或者说，关键在于追究他们行为时效的条款如何被理解和运用，而且该条款能否套用在他们头上？什么是法律？是书上写的那些，还是在社会上真正实施和遵循的那些？或者说只要一切合情合理，不管它们是否被写在书上，法律就是不得不加以实施和遵循的东西吗？那名教授是一位老先生，从国外流亡回来，可在德国法学方面是个门外汉，他以自己的博学参与那些讨论，同时又保持着距离，不再为了解决一个问题而寄希望于自己的博学。“您看看那些被告——您找不到他们中的任何一个人认为自己当时可以杀人。”

讨论课开始于冬天，法院审理开始于第二年春天。审判持续了多周。审理安排在周一到周四，在这四天中，教授每一天都安排学生小组参加，他们要做一个每周记录。周五讨论班上课，对过去一周发生的大事进行清理。

清理！清理过去！我们讨论课的学生将自己视为清理的急先锋。我们用力打开窗户，让空气流入房间，让风吹进来，风最终卷起尘埃，社会又将风吹入可怕的历史之中。我们关心的是人能够呼吸，能够看见。我们也并没有寄希望于法学知识上的博学。我们坚信他们必遭判刑。我们同样坚信，那只不过表面上涉及这一个或那一个集中营的哨兵和帮凶而已。那一代人或者利用过集中营的哨兵和帮凶，或者没有阻止过他们的行为，或者在 1945 年以后完全可以将他们清除出社会，却没有这么去做，现在那一代人站在了审判席上，而我们在清理和澄清的审理程序中对他们的可耻行径做出判决。

我们的父母在第三帝国扮演着完全不同的角色。有的父亲当兵上了战场，其中有两三个成了国防军军官，一个成了武装党卫军军官，有一些人在司法界和官场春风得意。我们的父母中也有做教师和医生的，其中有一个人的叔叔曾经在帝国内政部担任过高官。我敢肯定，只要问问他们，让他们回答我们的问题，他们一定会说出截然不同的答案。我父亲不想谈论自己。可我知道，因为计划举办一个关于斯宾诺莎[1]的讲座，他失去了哲学讲师的职位，转行到出版社担任徒步旅行地图与书籍的编辑，带着我们全家安然度过了战争年代。我怎么会想要判定他是可耻的呢？可是我就是这么做的。我们所有的人都判定我们的父母是可耻的，即便我们只能指控他们在 1945 年之后容忍了他们身边和他们之中的那些犯罪者。

我们讨论课的学生形成了一个坚强的集体身份。我们是集中营讨论课的人——起先是其他学生如此称呼它，不久我们自己也如此称呼它了。我们干了些什么，其他人不感兴趣。它让很多人感到奇怪，甚至感到厌恶。我现在想到，我们满

1 斯宾诺莎（Baruch de Spinoza，1632—1677），犹太出身的荷兰哲学家。

腔热情获悉那些骇人听闻的事件并想告知其他人，那种满腔热情的确是令人厌恶的。我们耳闻目睹的那些事件越可怕，我们就越对自己面对的这个澄清和控诉的任务毫不怀疑。即便那些事件让我们中止呼吸——我们也要欢欣鼓舞地将它们高高举起。注意看！

我纯粹是出于好奇，才报名参加了这个讨论课。它却突然成了另外一种东西，不是买卖法，不是犯罪和参与，不是萨克森镜子法[1]，不是法哲学的古董。我也将养成的装模作样的习惯，将那种傲慢自负、自命不凡，带到了讨论课上。但那个冬季，我可以脱身的机会越来越少，并非因为我们耳闻目睹的那些事件，也不是紧抓住讨论课学生的那种满腔热情。起先我只是想示范一下，分享科学或者也包括政治以及道德的热情。可后来我想要更多，我想分享全部的热情。其他人可能一直把我视为有所保留和狂妄自大的人吧。在冬天的几个月里，就连我本人也有一种良好的归属感，我和自己、自己所做的事以及和那些一起做事的人产生了共鸣。

1　萨克森镜子法，德国中世纪著名习惯法之一。

3

审判在另外一座城市进行，驾车过去近一个小时。我平时和那边从无交集。另一个同学开车。他在那儿长大，熟悉那个地方。

那天是星期四。审判在星期一就开始了。前三天的审理都花在辩护律师提出的审判回避[1]申请上了。我们是第四小组，将从讯问被告人个人身份开始经历一次真正的审讯。

在枝繁叶茂的果树掩映之下，我们沿着贝格大街出发了。我们情绪高涨，兴致勃勃。我们终于可以证实自己都做过哪些准备工作。我们感觉自己不只是观众、听众以及记录者。做观

1 回避制度是指为了保证案件获得公正审理而要求某些审判人员必须回避，不参与案件审理的制度。

众、做听众以及做记录不过是我们对清理历史做出的一点贡献。

法院所属的建筑物建于十九世纪末二十世纪初，但并没有当时常见的法院建筑的那种豪华和阴郁。在刑事陪审法庭开庭的大厅左首，有一排偌大的窗户，窗户的乳白色玻璃遮住了人们朝窗外看的视线，不过倒是可以让很多光线照射进来。窗前坐着检察官们，在春夏季节的大白天里，只能分辨出他们的轮廓。全体审判人员，披着黑色长袍的三名法官和六名陪审员坐在大厅的正面，右首为被告和辩护律师席，因为桌椅众多而一直延展至大厅中央，直抵前排观众席。一些被告人和律师背对着我们而坐。汉娜也背对着我们而坐。当她被叫到名字站起来走到前面时，我才认出她来。我当然立即认出了这个名字：汉娜·施密茨。然后我也认出了她的外表、她的脑袋以及打成结的陌生头发，她的脖颈儿、宽大的后背以及结实的双臂。她挺直身体。她双腿坚定地站着。她将双臂放下。她穿着一条灰色短袖连衣裙。我认出是她，可我没有任何感觉。我没有任何感觉。

她说是的，她想站着。是的，1922 年 10 月 21 日，她出生在赫尔曼施达特郊外，现年四十三岁。是的，她曾经在柏林西门子公司工作过，于 1943 年秋天加入党卫军。

“你是自愿加入党卫军的吗？”

“是的。”

“为什么？”

汉娜不回答。

“虽然西门子公司给你提供了一个领班的职位，但你还是参加了党卫军，是吗？”

汉娜的辩护律师马上跳起来：“什么叫‘虽然’？一个女人最好到西门子公司做领班，而不是加入党卫军，这是怎样的诋毁？就我的当事人做出的决定而提出这样的问题，那是毫无道理的。”

说完他坐了下来。他是唯一一位年轻的辩护律师，其他辩护律师年龄都偏大，而正如马上证实的那样，其中有一些是老纳粹分子。汉娜的律师回避了他们的行话和论点。可是他仓促的热情同样伤害了他的当事人，正如他的律师同事们那些空洞的纳粹主义长篇大论同样伤害了他们的当事人一样。他虽然设法让审判长显出愤怒的表情，使他没有继续纠缠汉娜为何加入党卫军的问题，但依然给人留下了那种印象：她所做的一切经过深思熟虑，而并非不得已而为之。当一名陪审法官问汉娜，她期待在党卫军里从事怎样的工作时，汉娜解释说，党卫军在西门子公司和其他企业招募女性看守岗位，于是她报了名并因此获得雇用，这使人们对她的负面印象再也无法改变了。

审判长从汉娜简明扼要的回答中得到证实，她在奥斯维辛集中营一直任职至1944年春季，之后在1944年和1945年冬季之前在克拉科夫郊外的一个小集中营里任职，她和囚犯们一起出发到西部，战争结束时她在卡塞尔，自此以后在多个地方生活过。她在我的家乡住了八年，那是她在同一个地方度过的最长时间。

“频繁更换居住地点就可以说明她有逃跑的嫌疑吗？”辩护律师公开流露出他的嘲讽之意，“我的当事人每次更换居住地点时都向警方登记或注销户籍。没有任何理由说明她会逃跑，她也没有任何东西需要隐瞒。难道因为她受指控的行为很严重，难道因为案情有引起公愤的危险，治安法官就认为我的当事人无法自由吗？尊敬的法官先生们，这是纳粹式的拘捕理由！它被纳粹们采用过，纳粹之后就被废除了。现在已经不复存在。”辩护律师带着不怀好意的愉快心情说话，有人就是用这样的口吻含沙射影地揭露真相。

我感到吃惊。我发觉我将拘捕汉娜视为一件天经地义和千真万确的事。并不是人们的起诉、她受指控的严重程度以及她受怀疑的强烈程度，这些我还并未详细了解，而是因为她被锁在斗室之中就会离开我的世界，离开我的生活。我希望她远离我，希望她遥不可及，只能成为空洞的回忆，就像在过去的那些年里她曾经也始终是我的回忆一样。一旦律师赢了官司，我就得准备好面对她，我也得搞清楚自己希望以及应该怎样面对她。我还看不出他无法获胜。如果汉娜之前并没有尝试逃之夭夭，那为何她现在要尝试呢？她又想掩盖什么呢？当时，并不存在其他拘捕汉娜的理由。

审判长重新显得烦躁起来，我开始明白这是他的伎俩。每当他认为一个观点是在拖延时间，又令他感到愤怒的时候，他就摘下眼镜，用近视、不肯定的目光注视那个发表意见的人，并且皱着眉头，要么对那人的观点视而不见，要么以“您的意思是”或者“您想说”做开场白，然后重复他的观点，以一种不容置疑的方式，表明他不愿意研究这一问题，你再去逼迫他也无济于事。

“您的意思是，因为被告人没有对公文和传讯做出反应，并没有出现在警察、检察官以及法官面前，治安法官就不好好关注事态发展了吗？您想要提出申请，取消拘捕令吗？”

辩护律师提出了这样的申请，但被法庭拒绝了。

4

法庭审理我一天都没有错过。其他同学对此感到惊奇。教授则表示赞同，这样我们中有一个人就能负责让下一批人获知上一批人的所见所闻。

汉娜只朝观众和我望过一眼。平时，在所有审判的日子里，当她被女法警带进来然后入座时，她就将目光转向法官席。这显得她很傲慢自大，而她不和其他被告人以及几乎不和她的辩护律师说话，也同样显得她很傲慢自大。不过，审判持续越久，其他被告人彼此的交谈也变得越来越少。他们在审判间歇和亲朋好友站在一起，早上看到他们在观众席中就跟他们挥手致意。汉娜则在审判间歇仍旧干坐在她的座位上。

于是我从她的背后看她。我看她的脑袋、她的脖颈和她的肩膀。我读她的脑袋、她的脖颈和她的肩膀。当提及她时，她就把头仰得特别高。一旦感觉自己受到不公正对待、诽谤或者攻击，而自己又想竭力争取反驳对方时，她就向前转动肩膀，然后脖颈变粗，随即青筋凸出。她的反驳通常不会如愿，她的肩膀通常也因此耷拉下来。她再也不会耸肩，也再也不会摇头。她太过紧张，不敢擅自轻而易举地耸肩或摇头。她也不敢擅自歪斜着头，让头耷拉下来或者缩紧脖子。她冻僵似的坐着。这样坐着一定痛苦不堪。

有时，她的发绺从紧绷的发髻中溜出，鬈曲着，耷拉在脖颈上，穿堂风从她的脖颈上吹拂而过。有时，她穿着连衣裙，领口宽大得足以露出左肩上的胎痣。然后我回想起，自己曾吹散她脖颈上的头发，再亲吻胎痣和脖颈。可这种记忆是一种记录。我感觉不到任何东西。

在长达数周的审判期间，我感觉不到任何东西，我的感觉犹如麻木了一般。偶尔我挑起我的感觉，从汉娜受到谴责的案件中，也包括从我回想起她脖颈上的头发和她肩膀上的胎痣的事情中，尽我所能地回想起汉娜。这就好比胳膊被针打得麻木了手还在拧着它不放。胳膊不知道被手拧过，手知道拧过胳膊，而大脑在第一时间分不清两者。可大脑马上又清清楚楚地区分出来了。或许手拧得太紧，被拧的那块地方有一段时间是苍白的。然后血又回流，那块地方重新有了血色。可感觉还没有回来。

谁给我打了一针？是我给自己打的，因为若是不麻木，我还能忍受下去吗？这种麻木不仅在法庭上，也不仅是让我亲眼见到汉娜时起到作用——仿佛爱她和渴念她的是另外一个人，那个人是我熟识的但不是我。我也像在所有其他的庭审时一样站在我身旁，然后留意我自己，看到我在大学里，我和父母和兄弟姐妹们在一起，和朋友们一起相安无事，可我内心并没有参与其中。

一段时间之后，我发觉我也可以在其他人身上观察到类似的麻木。不是在辩护律师那里，他们在整个审判过程中充满着同样喧嚷不息、自以为是的争斗欲望，充满着死板的洞察力，或者还充满着吵闹不休而又无动于衷的厚颜无耻，具体情况则视个人秉性和政治素养而有所不同。虽然庭审让他们筋疲力尽，到了晚上他们更加疲惫不堪，或者嗓音更加尖锐刺耳。但一夜过后，他们重新精神焕发，或者整装待发，又像前一天上午那样发出怒吼和尖叫。检察官试图跟上他们的节奏，同样日复一日地展示同样的战斗热情。可他们并没有大功告成，起先是因为庭审的对象和结果令他们惊慌失措，其次是因为他们身上的麻木也开始初见成效。那种麻木在法官和陪审员身上表现得最为明显。在刚开始几周庭审时，获悉那些骇人听闻的事情，当听到报告并且获得证实时，他们有时泪流满面，有时张口结舌，有时心急火燎或茫然若失，他们满怀显而易见的震惊或者竭力保持镇定自若。后来，他们脸色恢复正常，可以彼此微笑着低声说出一个意见，或者当一个证人偏离话题时，他们也可以露出一丝不耐烦。当庭审中提及应该到以色列去对一名女证人讯问取证时，旅行的快乐从他们心底油然而生。始终担惊受怕的则是其他的同学。他们每周只参加一次庭审，而每次这种事都要重复发生：可怕的消息从天而降，突然波及他们的日常生活。我每天都到庭审现场，可以保持必要的距离观察他们的反应。

就像是一名集中营囚犯，一月接一月地幸运逃生，已经安之若素，然后冷眼旁观新来者的恐惧。他带着同样的麻木面对屠杀和死亡。在幸免于难者留下的所有文献里均谈论过这种麻木，在麻木之中生命的作用被淡化了，行为变得无动于衷和肆无忌惮，而用毒气杀人和焚烧尸体则成了日常生活。毒气室和焚化炉作为日常生活场景，也出现在案犯不多的陈述中，案犯淡化了自己不多的几个作用，把他们的无动于衷和肆无忌惮视为一种像被麻醉或喝醉酒一样的麻木状态。我觉得那些被告人仿佛还一直而且永远陷入麻木之中，在某种程度上被石化了。

早在当时，当我全身心研究这种麻木的共性，包括案犯和牺牲者身上的麻木，也包括我们这些人——法官或陪审员、检察官或者记录者以及与此相关人员身上的麻木，当我为此把案犯、牺牲者、死者、生者、幸存者以及他们的后代相互比较时，我以前感到不安，现在也还是感到不安。我们可以做这样的比较吗？每当我在一次谈话中准备做这样的比较，我虽然始终强调不应抹杀罪犯是被迫去集中营还是自愿去集中营这两者间的区别，以及他们自己遭受痛苦还是使他人遭受痛苦的区别，更确切地说，这种区别十分重要，可我总是引发震惊与愤怒，当我的观点并非针对反对意见提出，而是在他们尚未表达异议之前就提出来时。

现在我同样在问自己，早在当时我就开始问自己：我们这一代人，究竟应该如何对待灭绝犹太人这段骇人听闻的历史？我们不应该以为可以明白无法明白的东西，可以比较无法比较的东西，不应该打听，因为打听者即便没有对这些骇人听闻的过往产生怀疑，他还是将它们视为一种谈话的题材，而不是视为使人沉默的恐惧、羞耻和罪责。难道我们只应该在害怕、羞耻和罪责中沉默下去吗？为了什么呢？并非我参加讨论课时那种清理和澄清的热情一股脑儿地迷失在庭审中。可是，只是个别人被判刑，得到惩罚，而我们下一代人要在恐惧、羞耻和罪责中沉默下去——难道应该是这样吗？

5

第二周法庭宣读起诉书。宣读持续了一天半时间——一天半采用动词虚拟式。第一被告被控……，此外她被控……，她还被控……，她也因此被控实施了本条款中的哪些犯罪事实，此外她还被控实施了这个犯罪事实以及那个犯罪事实……，她的行为也被控违法和有罪。汉娜为第四被告人。

这五名遭指控的女人曾经担任过看守，在克拉科夫郊外的一个小集中营里，那是奥斯维辛的一个外围集中营。1944年春天，她们从奥斯维辛被调往那里工作，替代在工厂的一次爆炸中丧生或者受伤的女看守，集中营里的那些女人都是在那里干活。其中一条诉讼理由针对她们在奥斯维辛的行为，可这一条与其他相比，又显得不那么重要了。我已经不记得这一条诉讼理由了。难道它完全不涉及汉娜，而只是和其他女人有关吗？和其他诉讼理由相比，这一条微不足道或者本身就微不足道吗？不是因为某个人在奥斯维辛的行为而遭指控，而只是因为此人曾经在奥斯维辛待过，然后就捕获他，这不是完全叫人匪夷所思吗？

这五名被告当然不是负责该集中营的人。他们有一名指挥官、一个哨兵队以及其他的女看守。轰炸在一夜之间击中了西行中的囚犯队伍，绝大多数的哨兵和女看守未能逃过轰炸的劫难。队伍西行的当天晚上，那名指挥官偷偷溜走，有一些人同样不知去向。

轰炸之夜，本该没有一个囚犯能够幸免于难。可当时恰恰有两个人逃过一劫，那是一对母女，而女儿写了一本有关集中营和西行的专著，然后在美国出版。警方和检方不仅找到了这五名被告人，而且也找到了住在村里的几个证人，当时炸弹落在这个村里，由此终结了囚犯西行的队伍。最重要的证人是母女俩，女儿已经来到了德国，而母亲则在以色列。为了向母亲取证，法官、检察官以及辩护律师去了以色列——这一片段是我庭审中唯一没有亲历过的。

最主要的一项指控涉及集中营里的囚犯选择问题。每月大约有六十名新的妇女被派出奥斯维辛，又有同样多的妇女被派回奥斯维辛，扣除在此期间死亡的那些人。大家心知肚明的是，奥斯维辛的那些妇女被杀害了，而那些无法在工厂胜任工作的人被派了回来。那是一家弹药厂，那里真正的工作虽然不难做，可妇女们在那里几乎不是参加真正的工作，而是不得不造房子，因为春天那次爆炸工厂遭到严重破坏。

另外一条诉讼理由，则是一切随之毁于一旦的轰炸之夜。哨兵和女看守把那些囚犯，那好几百号妇女关在村里的教堂里。绝大多数村民都已经弃村而去。那里只落下了几枚炸弹，目标可能是附近一条铁路线，或者一家工厂，或者是因为进攻了一座更大的城市之后剩下几枚炸弹，于是随意投了下来。其中一枚炸弹击中了一个神甫住宅，哨兵和女看守正在那里睡觉。还有一枚击中了那座教堂尖塔。先是尖塔起火燃烧，然后是屋顶，再然后是整个屋梁构架火光冲天般地向下坠落至教堂里，之后教堂里的所有椅子着火了。沉重的大门经受住了考验。被告们完全可以打开教堂的大门，但她们并没有这么做，于是那些妇女被关在教堂里活活烧死了。

6

对汉娜而言，不可能有比这个审讯更糟糕的了。早在讯问其个人身份时，她就没有给法庭留下好印象。在宣读起诉书之后，她要求发言，说有一些情况和事实不符。审判长感到困惑不解，斥责说，在开庭审理之前，她完全有足够多的时间研究诉状然后提出她的异议，但现在已经进入主审程序，指控的情况确定与否，将由取证决定。取证开始时，审判长建议放弃宣读那位女儿所写专著的德语版，因为这本书即将由一家德国出版社出版，而所有参与人员都可以看得到这部原稿，可是汉娜在审判长困惑不解的目光之下，经她的辩护律师劝说才不得已表示同意。她本来不愿意同意。在先前的一次法官审问时，她曾经承认自己有过一把教堂钥匙，而现在对这一条她也不想接受了。她说没有过一把钥匙，谁也没有过一把钥匙，绝对不是有一把钥匙打开教堂门，而是有好几把钥匙可以打开好几道门，而它们都插在外面的锁眼上了。可是在那份法官审问的记录里，却是另外一种说法，那份记录她看过并签过字，至于她提到为何有人想要把一些东西强加到她头上的问题，却只能使事情变得更糟。她问的时候没有大着嗓门，没有自以为是，却是坚持不懈，而且正如我发现的，是那种看得见听得出的迷惘和无奈，而她提到有人想要将一些东西强加到她的头上，她并不是指责他们执法犯法。但审判长就是这么理解了，并且做出了强烈的反应。汉娜的辩护律师一骨碌跳起来，开始骂骂咧咧，喋喋不休，盲目急躁，审判长问到他是否知晓他的女当事人的指责后，他才重新落座。

汉娜想要拨乱反正。只要认为自己哪里受冤枉了，她就反驳；在她看来法庭的陈述和指控合理正当的部分，她也乐意承认。她坚持不懈地反驳，乐意承认，仿佛她通过承认就可以赢得反驳的权利，或者用反驳来承认她不可能以正当的方式驳斥的事情。可她没有注意到，她的坚持不懈让审判长很恼火。她对前后关系，对那些游戏规则，对她和其他人提及过错和无辜、判刑和无罪的观点时说出的那些客套话没有感觉。她的辩护律师必须拥有更丰富的经验、更充分的信心或者干脆是个高人，方能弥补发生此种情况时她所缺乏的感觉。或者汉娜不该如此为难他，她显然拒绝给他以信任，但她也没有选择自己信赖的律师。她的律师是审判长指定的辩护人。

有时汉娜有一种成就感。我想起对她在集中营选择囚犯时的审问。其他被告都对此加以否认，说她们在什么时候做了什么事。汉娜虽然不是唯一参与的一个人，和其他人一样，也是和她们一起参与的，却是如此心甘情愿地承认参与了那些事，以至于审判长不由得追问起她来。

“选择囚犯的过程是怎样的？”

汉娜描述说，女看守们要取得一致意见，从六个同样大小的职能部门里挑选同样数量的囚犯，每部门十人，总共六十人，但因为存在一个部门的患病率较低，而另外部门的患病率较高的情况，因此数量有可能各有不同，然后所有值勤的女看守要到最后一起评判，谁应当被遣送回去。

“你们谁也没有回避吗，你们全都是共同采取行动吗？”

“对。”

“你们难道不知道你们是送囚犯上西天吗？”

“知道，但新人要来，老人必须为新人腾出位置。”

“因为想要腾出位置，你们就说：你，你，还有你必须被遣送回去然后被杀死吗？”

汉娜不明白审判长想要对此提什么问题。

“我……我是说……如果是您，您究竟会怎么做？”这是汉娜提出的一个很严肃的问题。她不知道自己应该做什么，可以做什么，因此想要听听似乎无所不知的审判长，如果是他，他究竟会怎么做。

有片刻时间，法庭里鸦雀无声。被告向法官提问，这在德国的刑事诉讼中是不合时宜的。可现在问题已经提出来了，大家都在等待法官的回答。他必须回答，不能对这个问题视而不见，或者以一个责备的意见，以一句拒绝的反问挡回去。大家都清楚这一点，就连他本人也清楚这一点，我也明白为何他要把困惑不解的表达变成他的花招。他把它变成了他的花招。他可以用自己的花招腾出一点儿时间，才能找到回答。但没有太多时间了。他等待越久，紧张和期待就会越大，他必须回答得更好才行。

“有些事情是不能随随便便参与其中的，而且只要不必付出人身代价，那就必须和它们一刀两断。”

既然同样的话，他针对自己或汉娜的情况来说，也许就够了。一个人必须做什么，一个人不能做什么，以及一个人要付出什么样的代价，谈及这些事情并没有正确对待汉娜问题的严肃性。她希望知道自己在这种处境下应该做些什么，而不是要知道有些事情是不能做的。法官的回答显得无助而可怜。所有的人都感觉到了这一点。他们以失望的深呼吸做出反应，莫名惊诧地朝汉娜望去，从某种程度上看，这次争论是汉娜赢了。可她本人却也陷入了沉思之中。

“难道说我……我就不应该……我就不应该在西门子公司报名申请女看守岗位吗？”

这不是向法官提出问题。她在自言自语，对自己提问，犹豫不决地，因为她还没有给自己提出过问题，而且怀疑这是不是合适的问题，也不清楚答案又是什么。

7

正如汉娜反驳时的坚持不懈令审判长恼火一样，她承认时的心甘情愿也令其他被告很恼火。这样的心甘情愿对其他人的辩护，也包括对汉娜自己的辩护都是灾难性的。

举证情况本来对被告很有利。第一条诉讼理由的证据仅仅是幸存者母亲和其女儿的证词以及女儿的专著。对于恰恰是被告们选择囚犯的问题，只要辩护得法，完全可以令人可信地加以否认，而不用抨击母女俩的证词内容。就这点而言，证人的证词并不准确，而且很可能是不准确的。毕竟集中营里有一名指挥官、哨兵、其他的女看守以及一个下达任务和执行命令的等级制度，囚犯们只是接触到一部分制度，因而也只能相对应地看懂那一部分。对第二条诉讼理由，也有类似情况。母女俩被关在教堂里，无法对外面发生的事作证。被告们虽然无法假托不在那里，因为当时生活在村里的其他证人和她们说过话，而且也想得起她们，但是其他证人必须提防引火烧身，否则人们会说他们是完全可以拯救囚犯的生命呀。如果只有被告们在那里——难道村民们就不能制服那几个妇女，然后自己打开教堂大门吗？难道他们不必转而站在辩护律师那一边吗，因为被告们这么做也是迫于使他们这些证人摆脱嫌疑？难道他们不是在尚未逃之夭夭的哨兵的暴力或命令之下吗？或者被告们至少假定那些哨兵只是短时间离开，比如为了把伤员送入野战医院，然后马上又回来吗？

当其他被告的辩护律师发觉上述策略因汉娜心甘情愿地承认而宣告失败时，他们转而调整策略，即利用汉娜这种心甘情愿的承认，提供她的罪证，从而减轻其他被告的罪责。那些辩护律师以一种专业的客观性做着这事。其他被告愤然提出异议表示支持。

“你说过你知道你是送囚犯上西天——这只适用于你，是吗？你的女同事们知道的事，你没法知道。你或许可以猜测到，但毕竟无法判断，是吗？”

另一名女被告的律师开始询问汉娜。

“可我们大家都已经知道……”

“说‘我们’‘我们大家’要比说‘我’‘我一个人’更简单，是吗？你，你一个人在集中营里有自己的被保护人，她们都是年轻的姑娘，一段时间是这一个姑娘，一段时间是另一个姑娘，这是真的吗？”

汉娜犹豫不决起来。“我认为我不是唯一的一个……”

“你在无耻地撒谎！你的宠儿——那是你的，你一个人的！”另一名被告，显然被激怒了，这是一个粗壮的女人，像咯咯叫的母鸡一样大腹便便，一张嘴巴又显得尖酸刻薄。

“你说‘知道’，充其量是你可能认为，而你说‘认为’，那是你纯属凭空臆想，有可能会是这样吗？”律师摇摇头，仿佛已经忧心忡忡地获知她即将给予肯定的回答。“一旦你厌倦了你的所有被保护人，她们就随下一批一起被送往奥斯维辛，这也是真的吗？”

汉娜没有回答。

“这是你的特殊选择，是你的个人选择，是吗？你不再承认它，你想把它藏在大家所做的事情背后。可是……”

“哦上帝！”那个女儿双手挡住脸，在被讯问之后已经坐在了观众席上。“我怎么会忘记这件事呢？”审判长询问她是否想要补充证词。她没有等到被传唤至前面，立即站了起来，从观众席的座位上把话讲完。

“对，她有宠儿，总是从弱不禁风的年轻姑娘中挑选，她将姑娘纳入自己的保护之下，关照她们不必干活，给她们安排更好的住处，给她们提供更好的照顾和更好的伙食，而到了晚上，她则把她们召到自己身边。姑娘们不可以说她和她们晚上一起做了些什么，我们以为她和她们是……也因为她们全都被送走了，好像她和她们一起玩得很愉快，然后又玩腻了她们似的。可情况完全不是那样，有一天一个姑娘说了出来，我们才知道姑娘们是在给她朗读，一个夜晚接着一个夜晚，如是反复。这要比她们那什么更好……也要比她们在工地上干活累死更好，我一定想过，这样更好，否则我就不会忘记这种事了。可这是更好吗？”她坐下来。

汉娜转过身来望着我。她的目光立即发现了我，我这才意识到，整个时间她一直知道我在庭审现场。她直截了当地望着我。她的脸上没有任何请求，没有任何争取，没有保证或者许诺任何东西。这从她的脸上呈现出来。我认识到她是多么紧张而疲惫。她眼圈发黑，而且两边面颊上的皱纹都是从上到下排列，我不熟悉这样的皱纹，皱纹还不深，可它就像一道疤痕那样留下了印迹。当我在她的目光注视下脸红耳赤时，她掉转目光，重新转向她庭审坐的那张凳子。

审判长问向汉娜发问的律师，他是否还有什么问题要问被告。他也问了汉娜的辩护律师。您问她呀，我心想。您问她，她之所以选择那些弱不禁风的姑娘，是否因为她们在工地上反正也干不了活，是否因为她们反正要随下一批人去奥斯维辛，是否因为她也想让她们过好这最后一个月的时光。你说呀，汉娜。说你想让她们过好最后一个月的时光。这就是你选择弱不禁风的姑娘的原因。没有其他原因，不可能有其他原因。

可是，律师没有问汉娜，她自己也没有说。

8

那个女儿创作的她在集中营生活的专著德语版，直到诉讼结束之后才出版。在诉讼期间，虽然有原稿，但只提供给诉讼参与人员。我不得不阅读这本专著的英文版，这在当时是一个异乎寻常而又艰难的冒险之举。而且，倘若你没有掌握这种陌生的语言而且还在和它较劲，那么它总是会创造出一种疏远和亲近兼而有之的独特感觉。你研究这本书尽管特别认真仔细，可还是弄不明白它的意思。这本书始终是那么陌生，就像这种语言有多么陌生一样。

多年以后，我重读了这本书，发现是这本书本身制造了疏远。它并不是叫人认出任何人，也不是让人去同情，同情母亲或是女儿，或者是那些和母女俩在不同的集中营里，最后又在奥斯维辛和克拉科夫郊外遭遇同样命运的人。那本书根本不是让在临时木板房里苟活的那些最年长者、那些女看守以及那些哨兵们露出足够鲜明的形象，让人去理解他们，去褒贬他们的所作所为。这本书里充斥着我描述过的那种麻木的气息。但那个女儿在麻木之中并没有失去记录和分析的能力。她也没有让自己被击垮，被自我怜悯和由现实而生的自信击垮。毕竟她活下来了，不仅经受住了集中营的岁月，还用文学的形式将它们塑造了出来。她书写她自己，她的青春期和她的早熟阶段，若是必要的话，还有她的机智，带着她一贯的冷静笔触。

汉娜并没有出现在书上，既没有她的名字，也看不出和识别不出她来。有时我从一个女看守身上认出是她，那个女看守年轻貌美，在履行自己职责时被描述成认真细致到丧尽天良的地步，可我不敢肯定是她。当我打量其他被告时，唯有汉娜才有可能是那个被如此描述的女看守。可还有其他的女看守在呀。那个女儿在一座集中营里亲眼见过一个女看守，她名叫“牝马”，同样年轻貌美，聪明能干，却是残酷无情，为所欲为。集中营里的女看守很像这个女儿提到的这个牝马。也有其他人比较过吗？汉娜知道这事吗？她会想到这事吗？

当我拿她和一匹马比较时，她会因此感到震惊吗？

在奥斯维辛之后，克拉科夫附近的集中营是母女俩的最后一站。这已是一大进步了。她们干的活虽然很繁重，但更轻松，饭菜也要更好，而更好的是，六个女人睡在一个房间里而不是一百个女人睡在一个临时木板房里。天越来越暖和，从工厂到集中营的路上，女人们可以捡拾木材带回去。被挑选的恐惧是有的，但也没有像在奥斯维辛那么恶劣。每月有六十名妇女被遣返，大约一千二百个人中的六十个人。因此，即便只拥有平均体质，每个人就有二十个月的生命预期，而且至少希望自己的体质能超过平均水平。此外，她们还可以期盼战争不到二十个月就会结束。

随着集中营解散和囚犯西行，惨剧发生了。那是冬天，外面大雪纷飞，她们穿的那身衣服在工厂里冷得要命，但在集中营里还能勉强忍受，现在就完全不够了，而更不够的是鞋子，这些鞋子往往是用抹布和报纸捆扎做成的，站着和走路还可以，但在冰雪天气里长时间行军就招架不住了。那些女人也不仅仅在行军，她们会被追赶，所以还得奔跑。“死亡行军？”女儿在书中问，然后回答道：“不，死亡小跑，死亡飞跑。”很多人中途累倒了，还有其他人在谷仓或者围墙边上待过几个夜晚就再也起不来了。过了一周，几乎一半的女人死了。

教堂成了她们更好的避难所，她们之前只有谷仓和墙角。当她们经过被遗弃的院落然后在那里过夜时，哨兵们和女看守们已经将那些民居攫为己有。他们到了这里，在这个正被遗弃的村里，占用了神甫的住宅，而让囚犯们住进比谷仓或者墙角更好的地方。他们这么做了，在村里甚至还有热汤可喝，似乎就像是不幸结束的预兆。于是，那些女人就安然入睡了。没过多久，炸弹落地。尖塔一着火，教堂里就可以听到火焰声，但看不见火焰。当塔尖烧穿又砸到屋顶架时，又过了几分钟才看到火光。然后，火焰蔓延至下面，点着了衣服，坠落下来的着火的梁木把整排的椅子和布道坛点燃，瞬息之间，屋顶架发出噼啪声落到教堂中殿，屋内的一切统统熊熊燃烧起来。

那个女儿认为，那些女人只要马上齐心协力打开其中一扇门的话，就可以获得自救。可是，直等到她们发觉出了事，可能还会出事，却还不给自己打开门时，为时已晚。那是一个月黑风高的夜晚，击中的炸弹将她们惊醒。有一忽儿工夫，她们只能听到尖顶上一种怪异而恐怖的声响，于是她们屏住呼吸，想更好地听清楚、弄明白那种声响。那是火的噼噼啪啪声和哗啦哗啦声；那是火光，时而在窗口后面明亮地闪烁；

传到她们头顶上的噼里啪啦声意味着火势已从尖塔蔓延至屋顶，而等到屋顶架明显烧起来时，女人们才恍然大悟。她们恍然大悟，开始惊恐地叫喊起来，大喊救命，冲向门口，摇动大门，敲击大门，声嘶力竭地叫喊着。

当着了火的屋顶架哗啦一声坠入教堂中殿时，四周墙壁一时变成了烟囱。绝大多数女人不是被活活闷死，而是被活活烧死在熊熊烈火中。到最后，火势甚至烧穿并烧红了教堂里的几道钉上铁皮的大门。不过那是数小时之后发生的事了。

母女俩侥幸逃过一劫，因为母亲出于错误的原因而做了正确的事。当女人们陷入恐慌之时，由于无法在她们中间忍受下去，她逃到了唱诗班使用的廊台上。她倒是无所谓越来越接近自己的大火，她只想一个人待着，远离那些叫嚷不迭、挤来挤去、心急火燎的女人。廊台很窄小，窄小到她几乎无法被着火的屋梁击中。母女俩挤在墙边，亲眼看到、亲耳听到愤怒的火焰。次日，她们不敢走到下面去，也不敢走到外面去。当天夜里，在一片漆黑之中，她们担心走错楼梯台阶，担心走错路。第三天拂晓时，她们从教堂里走出来，遇见几个村民，村民们盯着她们看，不知所措，一言不发，可还是给了她们衣服和饭菜，让她们继续往前走。

9

“你为什么不把门打开？”

审判长一个接一个地向被告们提出同样的问题。一个个被告给出同样的回答，说是她们没法打开门。为什么？说是炸弹击中神甫住宅时，她们受了伤。或者她们处在被炸弹击中的震惊之中。或者被炸弹击中后，她们要照顾受伤的哨兵和其他女看守，要将他们从废墟中营救出来，给他们包扎，照料他们。说是她们并没有想到教堂，她们不在教堂附近，没有看到教堂着火，也没有听到来自教堂的呼救。

审判长一个接一个地向被告们提出同样的指责。他说那份报告不是这么写的。它的措辞是经过深思熟虑后的一种小心翼翼的表述方式。要说这份在党卫军的档案里发现的报告中写着别的东西，那是言过其实了。但它的确暗示着另一种情形。它指名道姓地提到谁在神甫住宅里丧了生，谁受了伤，谁用卡车将伤员送到了一家野战医院，谁又坐在军用吉普车里一路陪同过去。它提到女看守们留守等待火灾消停，防止火势蔓延，阻止有人企图在大火掩护之下逃之夭夭。它提到了囚犯之死。

那些被告的名字并不在被提及的名字之中，说明她们属于留守的女看守。女看守们留守阻止有人企图逃跑，说明随着被营救伤员离开神甫住宅，继而运送至野战医院之后，并非一切都已结束。报告指出，留守的女看守们任凭大火在教堂里肆虐，并且让教堂门关闭着。报告称，那些被告就在这些留守的女看守之中。

不，一个个被告都说不是这么回事。那份报告弄虚作假。它谈到留守女看守的任务就是要阻止火势蔓延，单从这点就能看出报告的荒谬。她们应该如何完成这个任务呢？那是在胡说八道。而另一个任务，即阻止有人在大火的掩护之下企图逃跑，也同样一派胡言。企图逃跑？当她们不用再关心自己人，不用再关心其他人——那些囚犯时，那就没有什么可以逃跑的了。不，这份报告对她们夜里做过什么事，完成了什么事，又受过什么痛苦，做出了完全错误的判断。怎么可能会有如此错误百出的报告呢？她们也不知道这个情况。

直至轮到那个女被告出场，这个女人就像咯咯叫的母鸡一样大腹便便，嘴巴尖酸刻薄。她知道这件事。“您问那边的女人！”说完她用手指指着汉娜，“她写了那份报告。她对所有的一切承担责任，全是她一个人干的，她本来想用这份报告隐瞒这件事，要把我们拉下水。”

审判长问汉娜。但这是他问的最后一个问题。他问的第一个问题是：“你为什么不开门？”

“我们在……我们已经……”汉娜在寻找答案，“我们不知道其他自救的办法。”

“你们不知道其他自救的办法？”

“我们中有一些人死掉了，其他人早已溜之大吉。他们说要把伤员送到野战医院后再回来，可他们知道自己不会回来，我们心里也明白。或许他们根本没有去野战医院，伤员们伤势也并没有那么严重。我们本来也应该跟着他们一起走的，可他们说伤员需要位置，他们反正什么东西也没有……反正不希望有那么多妇女一起过去。我不知道他们去了哪儿。”

“你们干了些什么？”

“我们不知道应该做些什么。一切都发生得太快了，神甫住宅着火了，教堂尖塔也烧了，而那些人和汽车刚开始还在，然后他们就不见踪影了，转眼之间，只剩下我们和教堂里的女人们。他们留下了一些武器，可我们对付不了这些家伙，要是我们有这个能力就好了——光我们几个女人，又顶什么用呢？我们如何能看守那么多妇女？这样的一支队伍可以拉得很长，即便你把她们拴在一起，但要看守那么长的一段路，就需要比我们几个女人多得多的人马。”汉娜稍作停顿，“然后叫喊声开始了，越闹越凶。要是我们现在打开门，所有的人都奔出去的话……”

审判长稍等片刻。“你们害怕吗？你们害怕囚犯会制服你们吗？”

“囚犯制服我们……不，可我们如何还能继续维持秩序呢？那一定会乱作一团，我们哪里对付得了。而要是她们企图逃跑的话……”

审判长又在等待，可汉娜没有说完这句话。“你们害怕有人会因为逃跑这事逮捕、判决、枪毙你们吗？”

“我们可不会随随便便让她们逃之夭夭！我们可是对她们负有责任的……我是说，我们整段时间一直在监视她们，在集中营里，在行军中，而我们监视她们，不让她们逃跑，这可是意义所在。因此我们不知道应该做些什么。我们也不知道在接下来的日子里有多少女人幸运逃生。已经死了那么多人，而仍然活着的人，也已经如此虚弱不堪……”

汉娜注意到她所说的事情帮不了自己的忙，可又没法说其他的事。对自己要说的话，她只能试着更好地说出，更好地说明和解释。可是她说得越多，却看起来越描越黑。因为不知如何是好，她重新求助于审判长。

“要是您，您究竟会怎么做呢？”

可这一次她自己都知道不会得到回答。她不期待任何回答。谁也没有期待一个回答。审判长默默地摇了摇头。

汉娜描述的那种一筹莫展和无可奈何，人们并非无法想象。那个夜晚，那种严寒，那场大雪，那场大火，教堂里女人的呼喊，那些命令和陪同女看守的人又不见了踪影——一旦打开教堂门，那将会是怎样的形势呀。可是，了解被告所处的艰难形势，就能减轻她们作为或不作为的罪责吗？就仿佛是出了一起车祸，在一个寒冬腊月的夜里，在一条人烟稀少的路上，结果车毁人伤，谁也不知道何去何从？或者是涉及一起争端，需要解决彼此责任，就进退两难了吗？汉娜描述的情况，大家可以想象，可谁都不愿意想象。

“这份报告是你写的吗？”

“我们一起考虑过该写些什么。我们不想把过错强加到已经偷偷溜号的那些人身上，但也不想把不是我们的责任揽到自己头上。”

“你是说，你们一起考虑过。是谁写的呢？”

“你！”另外一个被告又用手指着汉娜。

“不，我没写过。是谁写的，这很重要吗？”

一名检察官建议，请一名专家比较一下报告的笔迹和被告施密茨的笔迹。

“我的笔迹？您要对我的笔迹进行……”

审判长、检察官和汉娜的辩护律师在一起讨论，是否一个人的笔迹超过十五年后还能保持一致并且可以辨认出来。汉娜在仔细倾听，好几次准备要说点或者问点什么，却越来越惊恐不安。最后她说道：“你们不用叫专家过来，我承认报告是我写的。”

10

对每星期五举行的课堂讨论课，我已经没有什么印象了。即便回忆庭审，我也想不起来我们探讨过什么学术问题。我们谈论过什么？我们想知道些什么？教授又教会了我们些什么？

可对那些星期天，我却至今记忆犹新。在法庭上待了很多时日，使我对大自然的色彩和气息萌生了崭新的渴望。在星期五和星期六，我至少要把我在一周其他时间里错过的学业补回来，这样才能完成课堂练习，修完这学期规定的学分。到了星期天，我总是走出家门。

圣山、米夏埃尔大教堂、俾斯麦塔、哲学家小径、河岸[1]——

1 以上景点均位于海德堡。

从这个周日到下一个周日我都走同一条路，只是做些微调而已。我从中发现了自然的千姿百态，看到一周周绿意变得更浓，看到莱茵平原时而笼罩在炎热的云雾里，时而掩映在烟雨迷蒙之中，时而呈现在暴风雨云层之下，而当太阳火辣辣地晒到森林里的浆果和鲜花身上，我就能闻到它们的芳香，下雨时我就能闻到泥土以及去年腐烂树叶的气息。我完全不需要也不寻找更多的千姿百态。每次的旅程要比上一次的稍远一些，下一次的度假之地通常是我上次发现并且喜欢的地方——有一阵子我觉得自己必须更大胆些，于是强迫自己到锡兰、埃及和巴西去，而不是更加熟识那些本已熟识的地方。我从这些地方可以领略到更多的东西。

我在森林里重新找到了曾经揭开汉娜秘密的地方。那个地方现在并没有奇崛之处，当时也没有，没有长得诡异的树木或山崖，没有望出去可见的这座城市和这座平原的独特风景，没有可以引发突如其来的联想的任何东西。在思考汉娜的问题时，我的思维周而复始地在同样的轨道上循环，就此分裂出一个念头，它遵循着自己的路途，最终得出了自己的结论。有了量变，才会有质变——这种事随处可见，或者至少在这种情况下随处可见：对于周遭环境和情况很熟悉的时候，你发觉并接纳的令人惊喜的东西，都并非产生于外部世界，而是生长于内心。于是，就像走在一条路上，攀上陡峭的山峰，横穿公路，越过一座喷泉，先是隐蔽在黑魆魆的参天古树之下，然后穿越出去，眼前是明亮的树丛。

汉娜不认字，也不会写字。

正因为如此，她才让人给她朗读。正因为如此，她才在我们的自行车之旅中让我负责书写和阅读，而当早上在旅馆里发现了我留的便条，预料到我认定她知道便条上的内容，却又害怕自己丢脸时，她才失去了自制。正因为如此，她才回避在有轨电车公司晋升的机会；她在做售票员时可以隐藏的弱点，一旦参加司机培训，就会暴露无遗。正因为如此，她才回避在西门子公司晋升的机会，而成了女看守。正因为如此，她为了逃脱和笔迹专家的对质，才承认是她写了那份报告。正因为如此，她才在生死攸关的诉讼时发言吗？因为她无法看懂那个女儿的专著和指控，无法看到自己的辩护机会，因而无法做好相应准备吗？正因为如此，她才把她的被保护人打发到奥斯维辛吗？是因为怕她们发觉真相而杀人灭口吗？而且正因为如此，她才选择那些弱不禁风的女人加以关照吗？

都是出于这个原因吗？她羞于不会认字和不会写字，于是宁愿让我感到诧异也不愿让她自己丢脸，这我理解。我本人明白拿这种羞耻作为回避、拒绝、掩盖、伪装以及伤害感情的行为的理由。可汉娜不会认字和不会写字的羞耻，可以作为她在诉讼时和在集中营里的行为的理由吗？当一个文盲比当个罪犯更丢脸吗？暴露自己是个文盲比承认罪行更可怕吗？

在当时和自那时以来，我常常提出同样的问题。如果汉娜的动机是害怕丢脸，那么为何不是选择文盲这种无害的丢脸，而是选择罪犯这种可怕的丢脸呢？难道她以为自己什么都不暴露就能蒙混过关吗？难道她只是愚不可及吗？难道她那么虚荣，那么邪恶，可以为了避免丢脸而宁愿成为罪犯吗？

在当时和自那以来，我一再拒绝这个问题。不，我对自己说，汉娜并没有选择犯罪。她没有选择在西门子公司晋升，于是申请担任女看守一职。不，她不是因为这些弱不禁风的女人给她朗读过才把她们送到奥斯维辛的，她之所以选择她们为她朗读，是因为她想让她们在不得不去奥斯维辛之前能够在最后一个月里过得更好一点。不，在诉讼时，汉娜并没有在暴露自己是文盲还是罪犯之间摇摆不定。她不做再三权衡，不做巧妙应对。她接受被追究责任的事实，只是不想让自己丢脸。她并没有密切关注自己的利益，而是为自己的真相而斗争，在为自己的正义而斗争。因为她总是不得不有所伪装，因为她永远无法开诚布公，永远无法做她自己，这是一种微不足道的真相，一种微不足道的正义，但那是她的真相和正义，而为之斗争也是她的斗争。

她一定是筋疲力尽了。她不仅在诉讼时斗争。她永远在斗争，如她从前一样，并非为了显示自己能够做什么，而是为了掩盖自己不能做什么。这样一种人生，它的启程意味着节节败退，它的胜利又隐藏着失败。

汉娜离开我的故乡时想必思考过什么，我在当时也设想过什么，而这两者之间的差异，使我感到奇怪。我曾经相信我把她赶走了，因为我背叛和否认过她，而离开有轨电车公司也确实逃避了一次暴露。然而，我没有赶走她的事实改变不了我背叛她的事实。也就是说，我是有错的。而即便我没有错，因为背叛一个罪犯不可能有错，那么我也因为曾经爱过一个罪犯而有错。

11

既然汉娜承认是她写了那份报告，那么其他被告的日子就要好过多了。她们说，当汉娜不能单独处理事情时，她就催逼、威胁、强迫其他被告一起做。是她抢夺了指挥权。是她动的笔杆。是她做出的决定。

该村村民作为证人陈述，但他们对此既无法加以证实，也无法加以驳斥。他们看到那座熊熊燃烧的教堂被多名身穿制服的女人看守着而且没有被打开，因此他们也不敢擅自打开教堂大门。第二天早上，他们打开门，遇见了那些女人，也在那些被告中重新认出了她们。可是在第二天早上的相遇中，哪个被告说了算，是否完全就是一名被告说了算，他们说不上来。

“可是你们无法排除，就是这名被告，”另外一名被告的律师指着汉娜说道，“做出了决定吧？”

他们不可能排除，他们又应该如何排除呢，而鉴于其他被告明显更衰老、更疲惫、更胆怯以及更痛苦，他们也不愿意排除。和其他被告相比，汉娜是领导者。另外，既然存在了一名领导者，那些村民的负担也减轻了。在一支领导精干的队伍面前放弃施救，总要比在一群茫然不知所措的女人面前放弃施救好得多。

汉娜在继续抗争。凡是对的，她就承认，凡是不对的，她就反驳。她带着越来越绝望的激动反驳。她说话声音不大。但她说话时的紧张程度让法庭感到惊讶。

终于，她放弃了。只在被讯问时她才说话，她回答很简短，不够充分，时而漫不经心。仿佛为了显示自己已经放弃了似的，现在她说话的时候，就干坐在那里。审判长也诧异地注意到这一幕，虽然庭审开始时他曾多次跟她说，她不必站着，尽可以坐着。在庭审快要结束时我有时有种印象，法官们已经受够了，希望尽早了结这起案子，他们再也无法全神贯注，心思游离到了别处，想在数周沉浸在历史之后回到当下。

我也受够了。可我不能对这起案子撒手不管。对我而言，审理不是结束了，而是刚刚开始。我曾经是观众，可突然之间变成了参与者，成了游戏搭档和参与裁决者。我没有寻找和选择这一新角色，但我已经拥有了这个角色，不管我愿不愿意，不管我要做点什么还是采取完全被动的态度。

做点什么——只和一件事有关。我可以走到审判长跟前，告诉他，汉娜是文盲。她并非主谋和主犯，是其他被告使她成了主谋和主犯。她在诉讼时的行为并非表明她特别固执己见、不明事理或者厚颜无耻，而是由于她对指控和原稿事先缺乏了解，可能也是由于她缺乏任何战略或者战术意义上的认识。她自己的辩护对她明显不利。她有罪，但并非如人们印象中的那么有罪。

或许我也无法说服审判长，但很想引发他深思和追查。很有可能最终可以证明我说得对，汉娜可能受到惩处，但会减轻些。她可能不得不坐牢，可还是能够早点出来，早点重获自由——这难道不是她在为之斗争的事吗？

不错，她在为之斗争，但并非甘愿为了自己的成功而暴露自己是个文盲。她也真的不愿意为了少判几年徒刑而出卖她的自我形象。她可以自行解决这样的争执，她没有去解决，也就是说她不愿意去解决。为了维护她的自我形象，她甘愿蹲上几年班房。

可她这么做真的值得吗？那种虚伪的自我形象，束缚她，使她麻痹，使她无法发挥才能，她从中能得到什么？倘若用她维持一辈子的谎言的那种干劲，那她早就学会认字和写字了。

我当时试着和朋友们探讨过这个问题。你设想一下，有人故意走向毁灭，而你可以拯救他，你会拯救他吗？设想有一台手术，有一个病人，他吸了毒，麻醉无法和毒品相容，可他又羞于启齿自己吸毒，于是不愿意告诉麻醉师真相，你会和麻醉师说吗？设想有一次庭审，有一名被告，如果他不暴露自己是左撇子因而不可能犯下用右手实施的罪行，他将受到惩处，可他羞于启齿自己是左撇子，你会告诉法官是怎么回事吗？你设想一下，有人是同性恋，作为同性恋他不可能犯下那样的罪行，可又羞于启齿自己是同性恋。这里的问题并非人们是否应该羞于启齿自己是左撇子或同性恋；你好好设想一下，是被告自己感到羞耻。

12

我决定和父亲谈谈。不是因为我们彼此间本来有多么亲密无间。父亲沉默寡言，既不会和我们孩子分享他的情感，也不会拿我们向他表达的情感做些什么。我猜想了好久，在他不爱说话的行为后面有着尚未发掘出的丰富宝藏。但后来，我问自己，是否那里真的有些什么。或许，在他还是孩子和小伙子的时候，他曾经是一个充满情感的人，之后并没有让情感流露出来，随着岁月流逝，任它渐渐枯萎和麻木了。

可恰恰是因为我们之间的距离，我才找他谈话。我寻找和哲学家的对话。他撰写过关于康德和黑格尔的专著，我从中知道这些书籍研究的是道德问题。他也应该有能力用抽象的方式探讨我的问题，而不是像我的朋友们那样，仅仅在我那些言之无物的例子上浪费时间。

我们孩子要跟父亲谈话时，他像对待自己的学生一样跟我们约定好时间。他在家里工作，只是在有讲座和课堂讨论课时才到大学去。同事和学生想找他谈话，就会上他家里来。我记得学生排成几排倚靠在走廊的墙边，等着轮到他们。他们有的在看书，有的在观赏挂在走廊里的城市景观图，还有的一直发呆，大家全都一声不吭，除了我们孩子穿过过道时向他们问候，他们以尴尬的问候回应之外。当然我们与父亲约谈是不必在走廊等候的。但我们也要在规定的时间敲他办公室的门，然后才能进去。

父亲的两间工作室我都见过。第一间的窗户临向大街和屋舍，汉娜曾在那里用手指检阅过那些藏书。第二间的窗户临向莱茵平原。房子坐落在城市上空的山坡旁。六十年代初，我们搬进这个房子里，我们孩子长大搬出后，父母亲依然住在那里。第二间和第一间一样，那些窗户并没有将空间延伸到外面的世界，而是将世界像画一样挂到了这个房间里。父亲的这间工作室里都是图书、文件和他的思想，充斥着由烟斗和雪茄散发出的烟味，创造了属于他自己的气场，和外部世界迥异。我感觉它们既熟悉又陌生。

父亲让我介绍我遇到了什么问题，包括抽象文本和案例。“这和本次诉讼有关，是吗？”可他摇摇头，以示他并不指望我的回答，不想催逼我，不想从我这里知道我没有自愿说出来的任何事。然后他坐下来沉思，头侧向一边，双手抓住扶手。他并没有看我。我打量他，他头发灰白，面颊上胡子总是刮得一如既往地马虎潦草，两眼之间以及从鼻翼到嘴角的皱褶很深。我在等待。

他一开口说话，就追本溯源。他教我认识到个人、自由和尊严，认识人作为主体而存在，人不能使人成为客体。“你不记得了吗，当在什么对你有益的问题上，妈妈比你知道得更好时，它会让你这个小孩子多么怒气冲冲吗？究竟在孩子们那里做这事的分寸应该把握到何种程度，这真的是一个问题。这是一个哲学问题。但哲学不关心孩子。在孩子们得不到很好照料的地方，哲学就把他们托付给了教育，哲学把孩子们忘记了，”他含笑看着我，“永远忘记，不只是像我有时忘记你们一样。”

“可是……”

“可是我觉得大人们绝对没有任何理由将自己的观点强加到别人头上，以为他们就比别人更懂得什么才是对自己好的。”

“哪怕他们后来自己对此感到很幸福也不行吗？”

他摇摇头。“我们谈论的不是幸福，而是尊严和自由。早在小孩子的时候你就知道这个区别。虽然妈妈总是对的，但并没有使你得到安慰。”

如今，我喜欢回想起和父亲之间的对话。我已经忘记了我们的对话，直至他去世之后，我才开始在记忆的深处寻找和他的美好相遇、难忘事件以及诸多体会。当我发现它们的时候，我打量着它们，感到既惊讶又幸福。当时我起先被父亲抽象和具体的大杂烩搞得稀里糊涂。但最后，我按照自己的想法解释他说过的话，意思是我不必和那位法官谈话，绝对不要找他谈话，心情才又释然了。

父亲看出了我的心思。“你真的喜欢哲学吗？”

“嗯，我不知道一个人碰到我描述的那种情况时是否必须采取行动，而且想到一个人必须采取行动，而又根本不被允许的话，我其实并不高兴——我觉得这个……”我不知道说什么好。令人轻松？令人安慰？令人愉快？这听起来不像有道德感和责任感。我觉得这个挺好的，听起来有道德，也有责任，可是我不能说，我觉得这样挺好，我觉得这样不仅仅是令人轻松。

“令人愉快吗？”父亲提出建议。

我点点头，然后耸耸肩。

“不，你的问题没有令人愉快的解决办法。如果你描述的情况是责任落到你头上或者你要承担责任的情况，那当然得采取行动。如果你知道，什么对另一个人是好的，而他却对此闭目塞听，那你就必须努力让他睁大眼睛、张大耳朵，使他清醒过来。你必须让他做出最终决定，但你必须和他谈话，和他本人，而不是背着他和另外一个人谈。”

和汉娜谈吗？我应该和她谈些什么？说我已经看透她一生的谎言了吗？说她正要为这个愚蠢的谎言葬送自己的整个人生吗？说她不值得为这种谎言牺牲吗？说她应该为不该坐不必要的牢而斗争，好在以后还能开始自己更多的人生吗？究竟是什么？是否很多，有一些还是很少？她应该如何开始自己的人生？我不为她开辟出一条锦绣前程，却擅自揭开她一生的谎言吗？我不知道她有什么长远的人生前景，我也不知道该如何面对她，应该如何告诉她，在她做了这种坏事之后，她的人生前景将是在短期和中期内蹲班房，那是她罪有应得？我不知道该如何面对她，该对她说些什么。我完全不知道该如何面对她。

我问父亲："如果没法和他谈，那怎么办？"

他怀疑地看着我，我自己也明白，这个问题是在这个案件之外的。不再有任何东西可以进行道德说教。只是我还得做出决定。

"我没办法帮你。"父亲站起来，我也站起来。"不，你不用走，我只是背很疼。"他佝偻着身子站着，双手压住腰。"作为哲学家，我是说，你是把我视为哲学家才问我的，很抱歉，我不能帮你。作为父亲，我无法帮助自己的孩子，这种体验简直让我无地自容。"

我在等待，可他不再说下去了。我觉得他是要让自己省心呢。我知道他何时可以更多地关心我们，可以如何更多地帮助我们。然后我想，也许他自己知道这一点，所以确实在痛苦地忍受着这事。可我无论如何什么都不能告诉他。我变得很尴尬，而且有种感觉，他也很尴尬。

"嗯，那就……"

"你可以随时过来。"父亲注视着我。

我虽然不相信他的话，但还是点点头。

13

六月，审判人员坐飞机前往以色列，在那里待了两周。讯问取证的事也就是几天的工夫，但法官和检察官们非要将这次司法案件和度假大事结合在一起。耶路撒冷、特拉维夫、内盖夫和红海。这当然合乎公务法、度假法以及诉讼费用法的规定。但我还是觉得这事很反常。

我本来打算好好利用这两星期时间，聚精会神于专业学习上。可情况并没有如我设想和打算的那样发展。我无法集中到学习上，无法集中到教授身上，也无法集中到书本上。我翻来覆去地胡思乱想，我的思绪迷失在各种各样的画面里。

我看到汉娜在熊熊燃烧的教堂里，她脸色冷峻，穿着黑色制服，手执马鞭。她用马鞭在雪地里画了个小圆圈，然后朝靴筒上敲打。我看到有人在给她朗读。她仔细倾听，不提任何问题，也不做任何评论。当阅读时光过去，她告诉那个朗读者，明天要把她送到奥斯维辛去。朗读者开始哭泣。那是一名瘦弱的女人，黑发剪得很短，眼睛近视。汉娜用手敲击墙壁，两名女子随即走进来，她俩也是穿着条纹衣服的囚犯，将那名朗读者押走了。我看到汉娜沿着集中营道路走，踏进囚犯的临时木板房，监督她们做小工。她做这所有的一切都带着同样冷峻的面孔，睁着冷漠的眼睛，张着狭长的嘴巴，而囚犯们蜷缩着身体，低着头干活，身子紧贴到墙边，紧贴到墙上，希望消失在墙缝里。有时许多囚犯集合，或者跑来跑去，或者形成队列，或者齐步前进，汉娜站在她们中间声嘶力竭地发号施令，那张吼叫的脸丑陋不堪，还挥舞马鞭助上一臂之力。我看到教堂尖塔砸到了教堂屋顶上，火花迸发，听到女人绝望的号叫。我看到教堂第二天早上被烧毁了。

除了这些，我还看到其他画面。汉娜，她穿着长筒袜在厨房里，她抱着浴巾站在浴缸前，她裙子飞扬地骑着单车，她站在我父亲的工作室里，她在镜子前翩翩起舞，她在游泳场里朝我这边张望。汉娜，她仔细倾听我的话，她对着我说话，她含笑看我，她爱我。糟糕的是各种画面交错在一起。

汉娜，她用横眉冷目和薄唇小嘴爱我，她一言不发地倾听我朗读，到最后用手敲墙，她对着我说话，她的脸装成鬼脸。最糟糕的是做梦，铁石心肠、蛮横霸道、残酷无情的汉娜在梦里激起了我的性欲，也唤醒了我的渴望、羞耻和愤怒。在恐惧之下，我究竟是谁？

我知道这些想象中的画面都是可怜巴巴的赝品。它们并没有对我曾经和后来感受到的汉娜做出恰如其分的评价。可它们仍然具有巨大的威力。它们瓦解了汉娜在我记忆中的画面，并且和我脑海中集中营的诸多画面融合在一起。

今天，当我回想起昔日时光，我发觉其实我的直接经验是多么微乎其微，能回忆起集中营里生与死的画面又是多么微乎其微。对奥斯维辛集中营，我们熟悉的是刻有文字的大门，多层的木板床，堆积如山的头发、眼镜和箱子；对比克瑙集中营，我们熟悉的是入口处那栋包括塔楼和两侧裙房的建筑，以及那条火车进出的通道；对贝尔根-贝尔森集中营，我们熟悉的是盟军解放时发现并拍摄到的尸骨成山照片。我们熟悉囚犯的一些报告，但许多报告战后不久就出版了，然后直至八十年代才重新出版，而在其间都没有被列入过出版社的计划。如今，我们可以看到那么多书籍和电影，集中营世界成为共同的想象世界的一部分，而这个共同的想象世界又充实了我们的真实世界。这种想象力熟悉这个想象世界，而自从电视系列片《大屠杀》和电影《索菲的选择》，尤其是电影《辛德勒的名单》放映以来，这种想象力也在真实世界中活动起来了，不仅是感觉到，而且是补充和添枝加叶。在当时想象力几乎没有活动的空间，它和集中营世界带给人们的那种震惊并不相称。那几幅画面要归功于盟军拍摄的照片和囚犯们撰写的报告，这种想象力再三端详那些画面，直至它们凝固成粗制滥造的赝品。

14

我决定出发了。要是一夜之间就能到达奥斯维辛的话，那我一定立即付诸行动了。可获得签证就需要好几周时间。因此，我只好到阿尔萨斯的施特鲁特霍夫。那是最近的集中营。我还从未见过一座集中营。我想用事实真相驱逐遗留在我脑海中的陈腐观念。

我搭便车过去的。记得有一段旅程是坐在一辆卡车里，司机一瓶接一瓶地喝着啤酒；还记得有一个开奔驰车的司机，他戴着白色手套操控方向盘。过了斯特拉斯堡，我时来运转了，搭的那辆车要去希尔梅克，那是一座小城，离施特鲁特霍夫不远。

当我跟司机说，我要到哪里下车时，他不吭声了。我朝他那里看去，但看不到他脸上的表情，不知道为何他在谈兴十足的时候突然选择沉默。他中等年纪，脸形瘦削，右太阳穴边上有一块深红色的胎痣或者烙印，一头乌发梳成一绺一绺，整齐地分出头路。他在全神贯注地盯着道路。

弗格森山以山丘状呈现在我们眼前。我们穿过葡萄种植园，驶入广阔的、缓慢攀升的山谷。左右两边的混交林往斜坡上面生长，时而有个采石场，一个砖墙结构、褶皱式屋顶的生产车间，一座古老的疗养院，或是一栋掩映在参天大树之间、有着众多小塔楼的大别墅。一条铁路线时而在左，时而在右地陪伴着我们。

沉默之后，他又开始说话了。他问我为何要拜访施特鲁特霍夫，我告诉他关于诉讼和我缺乏直接经验的事。

“哦，你想搞清楚为什么有人会做出如此可怕的事情吗？”他的声音听起来有点儿嘲讽。但或许这也只是声音和言语的方言色彩使然。我还没有回答，他继续说道，“你究竟想搞清楚什么？人们杀人，是出于狂热，出于爱或恨，或者为了荣誉或者报复，你明白吗？”

我点点头。

“你也明白，人们是为了成为有钱或者有势之人才杀人吧？或是在战争和革命中都得杀人吧？”

我又点点头。“可是……”

“可是那些在集中营里惨遭杀害的人，没有对杀害他们的人干过任何事，你是想说这个吗？你是想说，没有理由仇恨，就不会有冲突吗？”

我不想再点头了。他说的话没错，但他说话的口气有问题。

“你说得对，没有冲突，也就没有理由仇恨。但是，刽子手也不讨厌被他处死的人，却还是处死了他。是因为他得到命令了吗？你以为是因为他得到了命令才做出这样的事吗？你也以为我现在谈及的是命令和服从，谈及的是所有的人得到命令到集中营去，就必须服从吗？”他轻蔑地哈哈大笑起来，“不，我不谈命令和服从。刽子手不服从命令。他干自己的活，不讨厌被他处死的人，不向他们报仇，他不是因为他们妨碍了他，或者威胁他、攻击他才杀死他们的。他对他们完全无所谓。他对他们是那么无所谓，可以做到杀死他们，就像他也可以做到不杀死他们一样。”

他注视着我。“没有‘但是’？来吧，你是说一个人不可以对另一个人那么无所谓。难道你不懂得这一点吗？难道不是和长着人脸的所有一切同舟共济吗？为了人的尊严？为了对生命的敬畏？”

我怒气冲冲，却又无可奈何。我在寻找一个词、一句话可以忘却他说过的话，使他说不出话来。

“我曾经，”他继续说道，“看见过一张枪杀俄国犹太人的照片。犹太人一丝不挂地站成一长排等着，有一些人站在坑边，在他们身后站着举着步枪的士兵，对着他们的脖子开火。这事发生在一个采石场上，而在犹太人和士兵之外，在墙的外窗台上坐着一名军官，晃动着两腿，若无其事地抽烟。他看起来有点儿闷闷不乐。也许是他进展得不够快。可他的脸上分明也有某种心满意足的东西，甚至是轻松愉快的东西，也许是因为至少干完了一天的活，马上就要下班了。他不讨厌犹太人。他不是……”

“那是您吗？是您坐在外窗台上吗？还有……”

他停下车。他脸色煞白，太阳穴上的疤痕在闪烁。“滚！”

我下了车。他掉转方向，我不得不纵身一跃跳到一侧。车子转了好几个弯，我还能听到他的声音。然后，万物静寂。

我沿着上山路走。没有汽车超越我，也没有汽车向我迎面驶来。我听到鸟儿啁啾，树林里传来瑟瑟风声，时而还能听到溪水潺潺。我如释重负地呼吸着。一刻钟后，我抵达了那座集中营。

15

前不久我又去了一次那里。时值隆冬，天清气朗，寒气逼人。过了希尔梅克，森林里白雪皑皑，树木披上了白色盛装，大地被白色笼罩。整个集中营，白晃晃地矗立在耀眼的太阳下，这一片稍带长形的场地坐落在下斜的山坡梯地里，可以远眺弗格森山。三层和四层的瞭望塔以及二层临时木板房这些被刷成蓝灰色的木头，和积雪恰到好处地互为映衬。确定无疑的是，那里有一道带刺金属丝网的大门，大门上面有一块“纳茨维勒-施特鲁特霍夫集中营”的牌子，在集中营四周还设置了两道铁丝网篱笆。可在集中营闪闪发光的积雪之下，残留下来的临时木板房之间的地面已经无法辨认得出来，那里原本其他的临时木板房都密密麻麻地挤在一起。那个地方完全可以成为孩子们的滑雪斜坡，他们可以待在宜人的临时木板房里，那里有着舒适的横木窗户，可以度过冬假，可以马上被喊进来享用糕点和热巧克力牛奶。

集中营大门紧闭。我沿着四周高一脚低一脚地穿越雪地，鞋都沾湿了。我可以看清整个集中营，回想起当年第一次造访此地，我是如何走下台阶，一直走到已被拆除的临时木板房地基之间的。我也想起了焚尸炉，当时是在一间临时木板房里看到的，想起另外一间临时木板房曾是一间囚室。我想起当时徒劳无益的尝试，想要具体地想象那是一座人满为患的集中营，那里有着囚犯、哨兵以及苦难。我真的尝试着，朝一间临时木板房望去，闭上眼睛，想象那里排列着一间间临时木板房。我仔细测量一间临时木板房，从整个画面中算出它的占有面积，想象它的逼仄。我知道临时木板房之间的台阶同时被用作集合场地，当我从集中营的下首仰视它的上首，我看到的全是一排排临时木板房的背面。可所有的一切都是徒劳的，我有种可悲而可耻的不中用的感觉。在归途中，我从遥远的山坡下面得到证实，坐落在一家餐馆对面的那个小房子原来就是毒气室。房子被粉刷成白色，门窗都用砂石镶嵌起来，看起来像是谷仓或者是工具棚或者是仆人的居所。

这个房子也大门紧闭，我记不起来当时是否进去过。我没有下车。我在车里坐了一会儿，朝外面张望，马达在运转。然后我继续向前。

在回家路上，起先我害怕要曲里拐弯地穿越阿尔萨斯乡村，去寻找餐馆解决午饭问题。但这种害怕不是基于一种真正的感觉，而是基于那些思考，即一个人在拜访完集中营之后都会产生的感觉。我自己察觉到了这一点，耸了耸肩。在弗格森山斜坡的一个村庄里我发现了“小男孩”餐馆。从我的桌子那里可以望得见那片平原。在那里，汉娜曾叫我“小伙子”。

第一次拜访时，我曾经在集中营野外闲逛过，直至关门为止。然后我坐在位于集中营上方的纪念碑下面，俯瞰整个集中营。我心里感觉到一种巨大的空虚，仿佛我不是在那外界而是在我心里寻找些许直观体验，却发现什么也找不到。

紧接着，夜幕低垂。我不得不等了一小时，才等来一辆敞开式小卡车，司机让我坐在装货的空间里，将我带到下一座村庄。我只好放弃当天搭便车回去的想法，在一家乡村客栈找了一个廉价的房间，在餐厅里吃了一块薄薄的煎牛排、炸薯条和豌豆。

邻桌四个男人在玩牌，声音喧哗。门打开了，一名矮个子老人没打招呼就进来了。他穿着一条短裤，拖着一条木头假腿。他在吧台前要了一杯啤酒。他的后背和过大的秃顶脑袋对着邻桌。打牌的人放下扑克牌，伸进烟灰缸拣出烟蒂，扔出去击中了目标。吧台前的那个人双手拍打后脑勺，好像要赶走苍蝇似的。店主将一杯啤酒放到他面前。谁也没说话。

我忍不住了，一骨碌跳起来，走近邻桌。“住手！”我气得直哆嗦。就在这时，老人一蹦一跳地蹒跚着走来，摆弄着他的腿，突然之间，双手抓起那条木头假腿，只听到砰的一声，他用假腿敲击桌子，桌上的杯子和烟灰缸顿时蹦跳起来，他自己随后跌倒在那张没人的椅子上。他露出一张没有牙齿的嘴巴，哈哈大笑地尖叫起来。其他人也跟着哈哈大笑，那是喝过啤酒后流露出醉意的哈哈大笑。“住手！”他们哈哈大笑道，然后指着我，“住手！”

那天夜里，屋子四周狂风怒号。我不觉得冷，窗前狂风在呼啸，树木在嘎吱作响，以及一家商店偶尔出现关门声，这些都还不至于吵闹到让我睡不着觉。可我的内心却越来越烦躁不安，直至整个身体也开始哆嗦起来。我很害怕，不是担心发生恶劣的事件，而是一种身心状态。我躺在那里，倾听着风声，每当风声渐隐渐稀，就会心情放松，可又害怕狂风重新肆虐，不知道自己第二天早上该如何起来，如何搭便车回去，如何继续大学学业，如何有朝一日娶妻生子。

对汉娜的罪行，我本想既表示理解，又加以谴责。可真要做到这一点，就太可怕了。假若我试图理解它，就感觉无法再像本应该谴责的那样去谴责它；假若我要像本应该谴责的那样去谴责它，那么理解的空间就没有了。可我同时又想要理解汉娜，不理解她就意味着对她的再次背叛。我对此无能为力。理解和谴责，我本想好好面对这两者。可这两者不可兼而得之。

第二天又是一个天朗气清的夏日。我轻轻松松地搭上了便车，没几个小时就回去了。我徒步穿越这座城市，好像离开很久似的，我感觉大街、房舍和人们都好陌生。不过集中营的陌生世界却也因此离我远去。施特鲁特霍夫给我留下的那些印象，和奥斯维辛、比克瑙和贝尔根-贝尔森带给我的少数几个画面结合，然后又和它们凝固在一起了。

16

我后来还是去找审判长了。我做不到去找汉娜。可无所作为也是我无法忍受的。

为什么我做不到去找汉娜谈呢？她离开了我，欺骗了我，已经不是我曾经了解的或者我曾经魂牵梦萦的那个人了。而对她而言，我又是谁呢？一个被她利用过的微不足道的朗读者？一个她从他那里享有过床笫之欢的微不足道的同房者？如果她无法离开我，可又想摆脱我，她也会把我送到毒气室去吗？

为什么我无法忍受自己无所作为呢？我告诉自己，我必须阻止一起错判。我必须确保正义得到伸张，无论汉娜一生的谎言对她是否有利。可我不是真的关心正义。我不能任由汉娜该怎样就怎样，想怎样就怎样。我必须对她多费心思，对她施加某种影响和作用，如果不能直接，那就间接。

审判长知道我们有个课堂讨论小组，并且乐意在庭审后接待我，和我做一次谈话。我敲敲门，他叫我进去，向我问候，邀请我坐在书桌前的椅子上。他只穿着衬衣坐在书桌后面。那件长袍挂在他的椅子的靠背和扶手上；他刚才先是披着长袍坐着，然后就让它滑落下来了。他看上去轻松释然的样子，这是一个干完了自己一天的活，并对此心满意足的男人。他有着一张好心、聪明与和善的官员面孔，褪去庭审期间用来掩饰的愤怒面具后。他和我随意地闲聊起来，对我问这问那的：我们课堂讨论小组对这起诉讼有过什么想法，我们的教授打算如何处理那些记录，我们读几年级，我读几年级，我为什么要学法学，我想什么时候参加毕业考试。又说报名参加毕业考试千万别太晚了。

我一一回答所有的问题。然后我仔细倾听，他告诉我他在大学学习和参加毕业考试的情况。他把所有的一切做得很到位。他在合适的时间以应有的成绩完成了必不可少的课堂实习和课堂讨论，并最终通过了毕业考试。他乐意做个法学家和法官，如果要他把做过的事从头再做一次，他依然愿意这么去做。

窗户敞开着。停车场上传来车门关闭和马达发动的声音。我听到汽车的噪声渐渐远去，直至被交通的轰鸣声吞没。之后，孩子们在空旷的停车场上玩耍嬉闹。时而能完全听清一个名字、一句骂人的脏话或一声叫喊。

审判长站起来和我告别。他说如果我有其他问题，尽可以再过来。即便是学业上需要求教，也可以过来。还说我们这个课堂讨论小组对他们案件的分析评估，也应该让他知道。

我穿越空旷的停车场。一个大男孩向我描述如何到车站去的路。我们搭车的那个伙伴在庭审结束后径自开车回去了，我只好乘坐火车。那是一列下班族乘坐的慢车，一站站地停车，乘客上上下下，我坐在窗口，身边始终被其他的旅伴、对话和臭味包围着。房舍、道路、汽车、树木从车窗外闪过，远方是群山、城堡和采石场。我看见了一切，却什么都感觉不到。我不再因为被汉娜抛弃、欺骗以及利用而感到伤心。我也不用再对她费尽心思。我在麻木中跟着庭审中听到的那些骇人听闻的事件游走，我感到那种麻木对我最近几周的情感和想法产生了影响。若说我曾因为麻木而感到高兴，那未免是言过其实了。可我发觉这是对的。这使我能够回归我的日常生活，并且在这种日常生活中能够继续生活下去。

17

六月底宣布判决。汉娜被判终身监禁。其他被告被判有期徒刑。

法庭大厅里被挤得水泄不通，一如庭审开始时一样。司法机构工作人员，我们大学和当地大学的学生，一个班的中学生，来自国内外的新闻记者，以及一直坚守在法庭大厅里的那些人。大厅里人声鼎沸。当被告们被带入法庭时，起先谁也没有注意到她们。但马上，旁听的人不吭声了。座位在被告前面的那些人，最先沉默下来。他们碰了碰左邻右舍，然后转向在他们后排就坐的人。“喂！”他们悄声低语道，那些坐在后排瞧见的人也开始安静下来，碰碰他们的左邻右舍，转向他们后面的人，然后也悄声低语道：“喂！”最后，法庭大厅里完全静默无声了。

我不知道汉娜是否知道自己的模样，或许她希望自己是那副模样。她穿了一套黑色衣服，里面穿着一件白色衬衣，衣服的式样和衬衣上系着的领带，让她看起来仿佛穿了一套制服。我从未见过为党卫军工作过的人穿的女式制服。可我认为，所有旁听的人也都认为她这套制服是穿给我们看的，她穿着这套制服为党卫军工作，她做了所有的一切，她是为党卫军工作才遭到了指控。

旁听的人又开始悄声低语起来。听得出很多人很气愤。他们觉得这次诉讼、这次判决以及那些特意过来旁听宣判结果的人都被汉娜嘲弄了。他们的嘈杂声越来越大，有些人对着汉娜叫嚷，对她评头品足。直至法官们抵达大厅，审判长严肃地看了汉娜一眼后宣布判决结果。汉娜站着倾听，姿势笔挺，没有任何动静。在宣读判决理由时她坐下了。我目不转睛地盯着她的脑袋和脖颈看。

宣读判决长达好几个小时。当宣判结束，被告被带下去时，我在等汉娜是否会朝我看。我一直坐在原来就坐的座位上。可她目不斜视，看穿所有的一切。那是一种傲慢、委屈、无望以及疲惫至极的目光。一种不想看到任何人和任何东西的目光。

第三部

1

诉讼结束之后的那个夏天，我是在大学图书馆阅览室里度过的。阅览室一开门我就来，关门时我才离去。到了周末，我就在家里学习。我学得如此心无旁骛，如此狂热着迷，以至于审判给我感觉和思想造成的麻木一直持续着。我避免任何接触。我从家里搬了出去，在外面租了一个房间。有少数几个熟人在阅览室里或者偶尔看电影时和我交谈过，我也已经不理睬他们了。

冬季学期里，我的行为几乎毫无二致。尽管如此，还是有人问我是否愿意和一个大学生小组在滑雪小屋里一起欢度圣诞。令人惊讶的是，我居然一口答应了。

我滑雪不行，可喜欢滑雪，而且速度很快，也能和那些滑雪好手一试高低。偶尔我会在顺坡滑行时冒摔倒和骨折的风险，其实我是没有掌握顺坡滑行的技术。这事是我故意为之。我还冒了另外一个险并最终成为现实，自己却全然没有觉察到。

我从未感到冷过。我穿着衬衫滑雪，而其他人都穿着套衫和夹克衫。他们都对此直摇头，还为此拿我开涮。可我把他们忧心忡忡的劝告，只当作耳边风。我恰恰没觉得冷。我开始咳嗽时，只把责任推到奥地利香烟头上。我开始发烧时，还在享受着这种状况。我身体虚弱不堪，同时又感到轻飘飘的，而留下的那些感官印象令人惬意地若隐若现，柔软洁白而又丰满充实。我在翱翔。

之后我就发起了高烧，被送进医院。出院时，我的麻木消失得无影无踪。所有的问题、恐惧、指控以及自怨自艾，所有在诉讼期间爆发而后又麻木了的恐惧与痛苦，它们又故态复萌，始终在那里挥之不去。我不知道，当一个人该觉得冷而又不觉得冷时，医生会做出怎样的诊断。我自己的诊断是，在我摆脱它之前，或是在它摆脱我之前，麻木已经制服了我的身体。

我结束大学学业，开始公务员见习时，学生运动之夏来了。我曾对历史和社会学很感兴趣，作为见习公务员还有足够时间在大学里经历发生的一切。经历并不表示参与——归根结底，在我看来高校和高校改革就和越南南方民族解放阵线和美国人一样无所谓。学生运动的第三个主题也是真正的主题，即如何对待纳粹的过往，我感觉和其他大学生之间存在着分歧，因此不愿意和他们一起宣传鼓动和参加示威游行。

有时我想，就纳粹历史进行争辩并不是激发学生运动的理由，而仅仅表示两代人间的代沟，这种代沟显然是学生运动的推动力。每代人都想要摆脱父母的期望，而父母的期望也随着他们在第三帝国或者最迟在第三帝国灭亡后的碌碌无为而彻底落空。那些犯下纳粹罪行，或者对纳粹罪行袖手旁观或者视而不见，或者在1945年之后容忍乃至接受那些罪犯的人，他们应该向自己的孩子说些什么呢？但另一方面，纳粹历史对孩子们而言也是一个问题，他们不能够也不愿意指责父母任何事情。对他们来说，对纳粹历史进行的争辩不是代沟的表现形式，而是真正的问题所在。

不管这种集体罪责的概念是否可以从道德和法律上自圆其说——对我们这一代学生而言，这种集体罪责的问题却是亲身经历过的现实。它不仅适用于发生在第三帝国的那些事。

犹太墓碑被涂上“卐”字标志，那么多老纳粹分子在法院、行政管理部门和高等院校飞黄腾达，德意志联邦共和国不承认以色列国，流亡和抵抗比适应生活环境更少为人熟知——这一切使我们充满耻辱，即便我们可以指责那些罪人。对那些罪人的指责并不能使我们摆脱耻辱，但它可以消除由此产生的痛苦。它把对耻辱的消极痛苦转化成力量、行动、进攻性行为，因此和有罪的父母发生争执，我们显得干劲十足。

我不能指责任何人。不能指责父母，因为他们没有任何事情是我可以指责的。当时作为集中营课堂讨论参与者判定父亲是可耻的那种拨乱反正的热情，我已经丧失殆尽，那种热情也让我觉得很尴尬。但是，来自我所在社会环境中的其他人的所作所为，以及他们为此承担的罪责，和汉娜的所作所为比起来无论如何要差远了。实际上我必须指责汉娜。但指责汉娜，就是在指责我自己。我爱过她。我不仅爱过她，我还选择了她。我试图告诉自己，我选择她的时候，对她的所作所为一无所知。我试图说服自己是无辜的，那种情况无异于孩子喜欢父母的情况。可是，对父母之爱是唯一你不用为此承担责任的爱。

或许，人们甚至也要对父母之爱承担责任。当时我嫉妒过其他同学，他们和父母划清界限，也因此和整整一代的作恶者、旁观者与无视者、宽容者以及接受者划清界限，并由此消除了他们因为羞耻引发的痛苦，即便并没有消除他们的羞耻本身。可是，他们身上那种自以为是的炫耀常常和我不期而遇，这种炫耀从何而来？人们如何在感觉到罪责和羞耻的同时，又可以自以为是地炫耀？和父母划清界限仅仅是喧嚣一时的空话和叫嚷吗？而出于对父母的爱，他们也终将难以从父母的罪责中脱身吗？

这些都是后来的想法。它们后来也不是慰藉，它们何以能成为慰藉呢？在某种程度上，我和汉娜爱情的痛苦就是我们这一代人的命运，是德国的命运，我只能比其他人更难以摆脱，更难以战胜。尽管如此，若是我能够将自己融入同代人之中的话，它一定会让当时的我受益匪浅。

2

我在担任见习公务员时就结婚了。我和格特鲁德是在滑雪小屋里认识的，等到其他人假期结束回去后，她还一直留下来等我出院，好顺便带我一起回家。她也学法律，我们一起学习，一起通过毕业考试，一起成了见习公务员。格特鲁德有孕在身时，我们结婚了。

汉娜的事我对她只字未提。我在想，若不是为了尽到自己的义务，谁会愿意听另一个人从前的罗曼史？格特鲁德聪明能干，言而有信，假若我们的生活就是要管理一座农庄，那里有着众多的雇工、女仆以及众多的孩子，双方忙得不亦乐乎，无法给予彼此时间，那这种生活原本可以很充实和幸福了。可我们的生活是位于郊区新建住宅楼里的一个三居室套房，是我们的女儿尤莉亚，以及我和格特鲁德见习公务员的工作。我永远没法停止将我和格特鲁德的共同生活同我和汉娜的共同生活加以比较，虽然我和格特鲁德总是搂抱在一起，可我有种不对劲的感觉，她不对劲的感觉，她抚摸的感觉有问题，她的气味有问题。我原以为这种感觉一定会消失。我希望它一定会消失。我本想摆脱汉娜。可这种不对劲的感觉，永远没有消失过。

尤莉亚五岁时，我们离婚了。我们俩无法再相爱，分手时并没有痛苦，依然保持着坦诚相见。折磨我的是我们无法给予尤莉亚希望得到的安全感。当我和格特鲁德彼此亲密无间、互相怀有好感时，尤莉亚就会像水中的游鱼那样畅游其间。她感到如鱼得水。一旦注意到我们之间关系紧张，她就会从一个人那里跑到另一个人那里，以确保我们是相爱的，她是爱我们的。她希望自己有一个小弟弟，若是有更多的兄弟姐妹，她恐怕也会很高兴。她一直不理解离婚意味着什么，因此当我看望她时，她希望我留下来，而如果她来看望我，则希望格特鲁德也能一起来。我走的时候，她探出窗外张望，我在她伤心的目光下钻进车里时，我的心都快要碎了。而且我有种感觉，我们无法给予她的东西，不仅是她的愿望，还是她应有的权利。我们因为离婚骗走了她的权利，虽然是我们共同做的事，却无法使自己的罪责减半。

我试图建立更好的男女关系。我承认，一个女人摸起来得有点像汉娜的感觉，闻起来得有点像汉娜的味道，这样我们的共同生活才会靠谱。我也开始谈起汉娜。比起向格特鲁德，我也更多地向其他女人谈及我自己。她们本应该按照自己的想法解释在她们看来我的言谈举止中令人奇怪的东西。可那些女人不想听到太多。我想起海伦，她是从事文学研究的美国学者，在我叙述时，她默默无言地、抚慰性地抚摸我的后背，而当我停止叙述，她同样默默无言地、抚慰性地继续抚摸我的后背。我想起格辛娜，她是一名精神分析学者，她说我得回味一下我和母亲之间的关系。我是否注意到母亲在我的故事里几乎从未出现过？我想起希尔柯，她是一位牙医，一再询问我们相遇之前的时间里发生的一切，可马上又把我说过的话忘记得一干二净。因此我就不再讲述它了。因为大家谈论的真相，不过就是大家的所作所为，那就没必要非讲不可。

3

我参加第二次国家考试时，那位组织我们集中营课堂讨论课的教授去世。格特鲁德在报纸上看到了讣告。葬礼将在贝格公墓举行。她问我是否愿意过去。

我不想过去。葬礼安排在星期四下午，而在星期四上午和星期五上午我得参加笔试。我和教授也不是特别亲近。我也不想参加葬礼。我也不想再想起那次诉讼的事。

可为时已晚。记忆被唤醒了，星期四我考完笔试，觉得仿佛和过去有约，一个不容错过的约会。

和平时不一样，这次我乘坐有轨电车。这是一次和过去的聚会，犹如回到了一个很熟悉却已经改变了模样的地方。汉娜在有轨电车公司工作时，有轨电车有两节或三节车厢，车头车尾有平台，平台旁边有踏板，一旦电车启动了，你还可以跳上去，而且还有一根绳子在电车上活动，售票员可以用它敲铃作为乘客下车的信号。夏天，有轨电车行驶时，平台是敞开的。售票员卖票，给车票打孔，查票，报站，发出开车信号，一只眼睛紧盯着被挤到平台上的孩子，斥责挤来挤去的乘客，而一旦车子满员，就不再让人上车。售票员有轻松愉快的、风趣幽默的、一本正经的、噘着嘴绷着脸的，或者粗鲁粗野的，而售票员的脾气或者心情如何，往往也决定了车厢里的气氛。我多么愚蠢啊，在那次施韦青根之行想给她意外惊喜却惨遭失败之后，我再也不敢等候作为售票员的汉娜，和她一起坐在同一辆车上了。

我上了一辆没有售票员的有轨电车，前往贝格公墓。那是一个秋日，天气寒冷，空中无云但有薄雾，黄色的太阳不再暖和，用眼睛望着它也不至于生疼。我不得不找寻了一会儿，才找到那块墓地，葬礼也在那里举行。我行走在高耸光秃的树木之下，穿梭在年头久远的墓碑之间，偶尔会遇见一名公墓园丁或者一名老妇拿着喷壶和修枝剪刀。墓地万籁俱寂，我从老远的地方就能听到有人在教授墓穴旁唱着圣歌。

我从稍远处站住，打量着参加葬礼的这一小群人。他们中有些人显然是孤僻怪异之人。提及教授生平事迹时可以听得出，他本人摆脱了社会压制并由此脱离了社会联系，保持着独立性，人也因此变得孤僻了。

我见到了当年参加集中营课堂讨论课的一个同学，他在我之前参加了毕业考试，先是担任律师，后来做了一家酒馆的老板，那天他穿着红色长外套。葬礼结束后，在回公墓入口处的路上，他和我攀谈起来："我们一起参加过课堂讨论课，你不记得了吗？"

"记得。"我们握手。

"我总是在星期三参加诉讼，有时还开车捎你过去。"他哈哈一笑，"你每天都在，每一天，每星期。你现在能说是为什么了吗？"他注视我，态度和善，满含期待，我想起来，当年课堂讨论时我就注意到这个目光。

"我对诉讼特别感兴趣。"

"你对诉讼特别感兴趣？"他又是哈哈一笑，"是对诉讼还是对你老是死盯着看的那个女被告？那个，那个看起来姿色还算不错的女人？我们所有的人都在暗自思忖，你和她究竟是怎么回事，可是谁也不敢问你。我们当时完全能感同身受，将心比心。你还知道吗……"他想起还有一个参加课堂讨论课的同学，说起话来结结巴巴或者咬着舌头发音，是个话唠，又尽说蠢话，我们却是洗耳恭听，仿佛他能说出金玉良言一样。他提到其他讨论课的同学，他们当时是什么样子，现在又都在干什么。他说起话来没完没了。但我知道他到最后一定还会问我这个问题："那么，你和那个女被告现在怎么样了？"可我不知道该如何回答，如何否认、承认或者回避。

说着说着，我们就走到了公墓入口处，他果然问起这个问题来了。车站有一辆有轨电车刚好启动，我喊了声"再见"，撒腿奔跑，似乎能够跃上踏板，结果只是顺着铁轨旁边狂奔，然后用摊开的手掌猛击车门，于是意想不到的一幕发生了，我完全不相信也完全不抱希望：有轨电车又停了下来，车门开了，我上了车。

4

公务员见习培训结束后，我必须选择一份职业。我给了自己一些思考的时间。格特鲁德马上开始了法官生涯，忙得不可开交，我们很高兴我可以留在家里照顾尤莉亚。格特鲁德克服了一开始的困难，尤莉亚也进了幼儿园，这时做出决定就成当务之急了。

我觉得自己难以做出决定。在庭审汉娜的案子里，我亲历了法律工作者的职业，但看不到适合自己的角色。在我看来，起诉和辩护同样被滑稽可笑地简单化了，而判决在这些简单化中绝对最为滑稽可笑。我也没法设想自己是行政官员，我曾作为见习公务员在县政府机关工作过，觉得那里的房间、过道、气味和公职人员都毫无指望，索然无味，令人烦躁。

这样，剩下的法律职业，就寥寥无几了，因此要不是一位法学史教授愿意提供机会让我到他那里工作，我真不知道自己还能做什么。格特鲁德说这是一种逃避，逃避生活的挑战和责任，她说得对。我逃之夭夭了，因为可以逃之夭夭而感到轻松释然。我对她和我自己说，这真的不是永远，我足够年轻，在从事几年法学史研究工作之后还能找到任何一份具体的法律职业。可那就是永远，一个个逃避接踵而至，我从大学调到一家研究机构，在那里寻找并找到了一个小房间，我在那个小房间里可以从事法学史研究，不需要任何人，也不打搅任何人。

现在，逃避不只是跑得远远的，而且也意味着抵达某处。我作为法学史专家接触到的过去，其生动逼真并不逊色于当下。局外人或许会认为，对过去的生活人们只能观察，而对当下才能参与，但事实并非如此。研究历史意味着架起过去和当下之间的桥梁，观察两岸旖旎的风光，并对二者加以研究。我研究的领域之一是第三帝国的法律，而这里特别引人注目的，则是过去和当下如何融入到现实生活中。在这里，研究过去不是逃避，全身心专注于当下和未来恰恰才是逃避，因为当下和未来对过去的遗产视而不见，而我们身上被打上了这份遗产的烙印，我们也必须和这份遗产一起生活。

因此我不想隐瞒我浸淫在历史中所获得的满足感，而就当下而言，历史的意义就更无足轻重了。我第一次感受历史，是在研究启蒙运动时期的法典和法律草案时。它们承载着这样的信仰：要在这个世界上建立一个美好的制度，这个世界也因此变得更美好。我希望看到，从这种信仰中制定出作为美好制度庄严守卫者的条款，组合成追寻美好的法律，然后又将以自身的美好来求真。我一直以为，尽管存在着可怕的倒行逆施，但法学史会有进步，会有发展，将会带来更多的美丽和真相、理性和人性。但自从认识到这种信仰是一种妄想以来，我对法学史的进程有了另外一种印象。这种进程虽然有明确目的地，但在经历各种各样的动荡、迷惘以及盲目之后，抵达的这个目的地，却是通向另一个目的地的起点，但在尚未抵达这个新目的地之前，必须重新出发。

我当时又重读了《奥德赛》。第一次阅读是在中学，我将它视为返乡故事存留在记忆里。可它不是返乡故事。希腊人既然知道人不可能两次踏进同一条河流，他们何以也会相信返乡呢？奥德修斯并不是为了留下才返乡，而是为了重新启程。《奥德赛》是一部运动的故事，既目标明确又漫无目的，既卓有成效又劳而无功。法学史又有何不同呢？

5

我从《奥德赛》开始。和格特鲁德离婚后，我开始阅读《奥德赛》。很多夜晚，我只能睡上几小时，我躺在床上，无法入睡，而每当打开灯，拿起一本书，我的眼睛就会犯困得闭上，可当我把书搁在一边，关上灯，我又醒了。于是我大声地读出来。这样我就不会闭上眼睛了。我思考着我的婚姻、我的女儿和我的生活，这些思考杂乱无章，充满着回忆和梦幻；我徘徊在令人折磨的苦思冥想中，人又处在半睡半醒之中，而汉娜在其中一再占据着绝大部分画面。我开始为汉娜朗读。我为汉娜在录音机上朗读。

一晃好几个月过去，我才将磁带寄出去。起初，我不想寄出任何部分，直等到录完整部《奥德赛》。之后我心里却存疑起来，是否汉娜觉得《奥德赛》足够有趣，于是在读完《奥德赛》之后，我又录制了施尼茨勒[1]、契诃夫的短篇小说。我迟迟才打电话到汉娜被宣判的那个法院，查明她在哪儿服刑。我总算把所有的一切收齐——汉娜的地址、一台盒式录音机以及磁带。她坐牢的监狱就在她被起诉和判决的那座城市附近，而那些磁带我则从契诃夫、施尼茨勒到荷马都一一做了编号。而终于，我也将装有盒式录音机和磁带的包裹寄了出去。

最近我找出了那本小册子，我把那么多年为汉娜录音的书籍都记在了上面。最先的十二个书名显然是同时记下的，可能起先我只是往下读，后来发觉不做好笔记就记不住读过什么书了。在接下来的书名中，有的记了日期，有的没有，但没有日期我也知道，第一次和最后一次寄出东西的时间分别是在她被监禁的第八年和第十八年。在第十八年的时候，当局允准了她提出赦免申请。

我一直给汉娜朗读我自己恰好喜欢看的书。刚开始朗读《奥德赛》时不容易，在大声朗读时不能像在给自己小声阅读那样专心致志。慢慢就没事了。朗读的缺点就是持续时间更

1 施尼茨勒（Arthur Schnitzler，1862—1931），奥地利小说家和剧作家，被誉为维也纳现代派最重要的代表人物之一。《古斯特少尉》为其中篇小说代表作。

长。但朗读过的东西却因此可以更好地铭刻在脑海里。对有些内容，我至今依然记忆犹新。

不过我也朗读一些自己熟悉并且喜欢的书籍。于是，汉娜可以听到许多凯勒[1]和冯塔纳[2]的作品，海涅和默里克[3]的作品。我一直不敢朗读诗歌作品，不过它后来带给我不少乐趣，我熟记了一长串朗读过的诗歌，时至今日还能够脱口而出。

总的来说，小册子上的那些书名证明了我对市民阶层普及古典教育的主张给予了巨大的天然信任。我也想不起来，当时是否给自己提过这样的问题，是否应该超出卡夫卡、弗里施[4]、约翰逊[5]、巴赫曼[6]以及伦茨[7]的范围，再朗读一些实验文

---

1 凯勒(Gottfried Keller，1819—1890)，瑞士德语作家，著有代表作《绿衣亨利》等。

2 冯塔纳（Theodor Fontane，1819—1898），德国批判现实主义的先驱。代表作有《迷茫与混乱》《施蒂娜》《艾菲·布里斯特》等。

3 默里克（Eduard Mörike，1804—1875），德国抒情诗人、小说家和翻译家。其中篇小说《莫扎特在去布拉格的路上》被誉为19世纪最著名的艺术家小说。

4 弗里施（Max Frisch，1911—1991），瑞士德语作家。其长篇小说《施蒂勒》在国际文坛享有盛誉。

5 约翰逊（Uwe Johnson，1934—1984），德国作家，德国“四七社”成员，其最主要作品为四卷本小说《周年纪念日》。

6 巴赫曼（Ingeborg Bachmann，1926—1973），奥地利20世纪最重要的抒情诗人、小说家之一。代表作为长篇小说《马里纳》等。

7 伦茨（Siegfried Lenz，1926—2014），德国战后最重要作家之一。代表作为长篇小说《德语课》。

学，那种我既看不明白故事也不喜欢任何人物的文学。我认为，实验文学是在拿读者实验，我和汉娜都不需要。

自己动笔写作之后，我也会给她朗读一些自己创作的东西。我一直等到把我手写的稿子口授出来，修改打字稿，并且有一种完稿的感觉后才朗读。朗读时我会留意那种感觉是否正确。如若不对，我就对所有的稿子再统统修改一遍，并以新的录音替换。但我不喜欢这样的录音。我想以朗读作为了结。汉娜变成了主管机关，我为了它再一次聚集起所有的力量、所有的创造力以及所有富有批判力的想象力。之后我就可以将稿子寄给出版社了。

我没有在录音中做出个人评论，既没有问过汉娜什么，也没有报告过我的情况。我朗读书名、作者名以及文本。等朗读完文本，我会稍等片刻后合上书本，再按下停止键。

6

在我们时而冗长时而简短的联系进行到第四个年头时，我收到了她的问候：“小伙子，最后一个故事特别棒。谢谢。汉娜。”

纸是线格纸，是从练习簿上撕下的一页，裁剪得很光滑。问候语写在最上面的地方，占满了三行。字是用洇纸的蓝色圆珠笔写的。汉娜握笔很用力，字迹穿透至反面。连写信封地址时也很用劲，因为那张纸是从中间折叠起来的，字的印痕在上下半页都可以看得到。

第一眼看去，还以为是孩子的笔迹。可孩子的笔迹毛病在于不流畅和不灵巧，而不是这种用力过猛。可以看出有一种阻力，汉娜不得不克服掉，才能把线条连接成字母，把字母连接成单词。孩子的手想到处跑，因而必须让它保持在笔路里。汉娜的手不想到任何地方去，因此必须强迫它向前。那些形成字母的线条，一再重新开始，无论是书写从下到上的笔画时，或者书写从上到下的笔画时，还是在遇到曲线和之字形的弯道面前。每个字母都要历经千辛万苦才能被重新写出来，它的斜向或者纵向排列还各有不同，也常常出现高度和宽度上的错误。

我读着她的问候，内心充满着欢欣鼓舞。“她会写字了，她会写字了！”这些年里，凡是能找到的和文盲有关的材料，我都已经看过。我知道文盲的无助，在日常的生活中，在找一条路或者找一个地址时，或者在选择饭馆里的一道菜时；我知道文盲怀着恐惧遵循着既定的模式和传统的习惯；我知道他们在掩饰自己不具备读写能力时的煞费苦心，并且放弃真正的生活。文盲是未成年人遇到的问题。从有勇气学会认字和写字中，汉娜完成了从未成年人到成年人的一步，那是启蒙的一步。

之后我打量汉娜的笔迹，发现她在写字上面花费了多少精力和抗争。我为她感到自豪。与此同时，我也为她感到伤心，为她延误和虚度的一生感到伤心，为她一生的延误和虚度感到伤心。我原以为，如果错过了合适的时间，如果一个人拒绝某些东西太久，如果一个人被某些东西拒绝太久，即便他最终还有精力对付并乐于接受，也为时太晚。但或许不存在“太晚”，而只存在“晚了”？而“晚了”总是要好过“从未”？我不知道。

第一次问候之后，接下来的问候就持续不断了。总是不多的几行字，一句感谢的话，一个心愿，希望多听到或不想再听到某个作者的作品，对一位作者或者一首诗歌或者一个故事或者一部小说里的一个人物发表一句点评，从监狱里观察到的某个景象。“连翘在院子里盛开了”，或者“我喜欢今年夏天多些雷雨天气”，或者“我从窗口看到鸟儿成群结队地飞往南方”，常常是汉娜的告知才让我察觉到连翘、夏日的雷雨天气或者成群结队的鸟儿。她对文学的评论往往一语中的，令人惊叹。“施尼茨勒在学狗叫，斯蒂芬·茨威格是一条死狗”，或者“凯勒需要一个女人”或者“歌德的诗歌就像是美丽镜框里的一幅幅小巧玲珑的绘画作品”，或者“伦茨肯定是在打字机上写作的”。由于她对作者的情况一无所知，只要不是明确不可能是当代人，她便以他们是同时代人作为前提条件。我感到很吃惊，事实上有多少古典文学作品，让人读起来像是当代文学作品呢？而对历史一无所知的人，越发能够从先前时代的生活环境中直截了当地看到遥远地区的生活环境。

我从没有给汉娜写过信。可我一直在给她朗读。在美国度过的一年，我就从那里寄发磁带。要是去度假或者工作特别忙碌，我就需要更长时间才能把下一盒磁带录完。我寄发磁带没有固定的周期，有时每周一次或者两周一次，有时也会三四周之后才寄出。自从汉娜学会自己阅读之后，现在她可能不再需要我的磁带，我就没事可干了。但愿她还是会阅读吧。朗读毕竟是我对她说话，以及和她交谈的方式。

我把她所有的问候信都保留了下来。她的字体逐渐发生变化。起先她强迫字母保持同样的倾斜方向，然后保持正确的高度和宽度。做到了这一步之后，她变得更轻松自信了。她的笔迹从未做到很流利，但从一辈子很少写字的老年人特有的笔迹中，呈现出某种严谨的美丽。

7

汉娜有朝一日会被释放出狱，我当时没有想到过。互致问候和寄送磁带是那么习以为常和熟稔于心，汉娜以如此自由的方式和我保持若即若离的状态，我完全可以将这样的状态继续维持下去。这不费事，很自私，我知道。

后来，我收到了监狱长的一封信：

多年来，施密茨女士和您保持着书信往来。这是施密茨女士和外界的唯一联系，因此尽管我不知道您和她的关系有多密切，您是她的亲戚还是朋友，我还是要求助于您。

明年施密茨女士将重新提出赦免申请，我认为假释裁决委员会将会同意她的申请。然后她就可以马上出狱了——在坐牢十八年之后。我们当然可以关心或者说设法关心她的住房和工作。在她这把年纪，找工作会很困难，即便她还完全健康，在我们这儿的针线活儿上表现得极其灵巧。不过，假如亲戚或者朋友关心她，随时在她身边，陪伴她以及帮助她，这要比我们关心她更好。您无法想象，在十八年的监禁生涯之后，一个人在外面将会是多么孤独无助。

施密茨女士把自己照顾得相当好，也享受独处。如果您能给她找到一个小的住所和一份工作，在刚开始的几周或几个月里能够偶尔看望她、邀请她，设法让她知悉有关教区、业余大学、家庭教育机构等的服务，那就够了。另外，在时隔十八年之后第一次进城、购物、走访政府部门、寻找饭馆等等，都不会容易。有人作陪就要好多了。

我注意到您并没有看望过施密茨女士。如果您过来的话，我就不用给您写信，而是在您来访时约您谈话。现在我别无选择，只能请您在她出狱前过来看她一次。您或可趁此机会到我这里来一趟。

这封信以衷心的问候结束，我并没有认为它和我自己有关，而是事关监狱长，这个愿望是监狱长的心愿。我听说过她的情况。她管理的这座监狱被视为模范监狱，她在执行刑罚改革问题上的意见举足轻重。我喜欢她的信。

可我不喜欢摆在我面前的任务。我当然必须关心她的工作和住所，我也尽过力了。朋友家的房子里有一套单身小住宅，既没有使用过，也没有出租给别人，他们愿意将这套小住宅以低廉的租金租给汉娜。那个希腊裁缝，我偶尔让他改件孩子衣服啥的，他也愿意给她点事情做。他的妹妹，之前和他一起经营裁缝铺，也已经回希腊去住了。我也对教会和世俗机构的社会服务和教育服务关心了好久，好让汉娜以后可以找他们帮忙。可我还是迟迟未探望汉娜。

恰恰是因为她以如此自由的方式和我若即若离，我才不愿意看望她。我有种感觉，只有在一段实际的距离中她才能是我心中的模样。我担心问候和磁带构造的渺小、轻松、安全的世界过于虚假，过于脆弱，禁不住真正的亲近。我们该如何面对面相遇，而不对我们之间发生的一切感到痛苦？

于是，不知不觉间，一年过去了，我却还没有去探监。我已经好久没有听到监狱长的任何消息，有一封信，是我向她报告汉娜期望的住所和工作情况的，但一直未收到回复。可能她打算在我探望汉娜时跟我面谈吧。她可能不知道，我不仅是推迟探望，而且是躲避探望。但终于，裁决出来了，汉娜可以获得减刑被释放出狱，监狱长因此给我打来了电话，问我是否现在可以过去一趟。她说一周后汉娜就可以出来了。

8

星期天，我去看望汉娜。那是我第一次探监。入口处有检查，一路有好几道门被打开又关上。不过那幢建筑崭新而明亮，到了大楼内，门都敞开着，女人们可以自由活动。过道的尽头，一道门通往室外，一块生机盎然的小草坪上，长有树木，并配有长凳。我探询似的四处张望。带我进来的女看守指了指栗子树阴影附近的一张长凳。

是汉娜吗？坐在长凳上的女人是汉娜吗？头发灰白，那一张脸，额头上、面颊上以及嘴巴周围布满深深的垂直纹，身体也很臃肿。她穿着一条淡蓝色的连衣裙，太紧身，胸部、肚子和大腿都绷得很紧。她双手摆在膝间握着一本书。她并没有在看书。她用老花眼镜的上部边缘看着一名女子将面包屑慢慢扔给几只麻雀吃。然后她注意到有人在观察她，才将脸转向我。

她认出我的时候，我看到她脸上的期盼，看到她的脸上发出欢乐的光芒，当我渐渐靠近她时，看到她的眼睛打量我的脸，看到她的眼睛在寻找、询问，目光不自信而委屈，然后她的脸色渐渐变得黯淡无光。我走到她身边，她露出了友好而疲惫的微笑："你长大成人了，小伙子。"我坐在她旁边，她握住我的手。

以前，我特别喜欢她身上散发的气味。她闻上去总是很清新：洗完澡的清新味，洗完衣物的清新味，流过香汗的清新味，做爱之后的清新味。有时她用香水，我不知道她用的是哪种香水，而这种香水的芳香也要比其他任何一种香水更清新。在这些清新的气味之中还有另外一种气味，一种浓重、模糊、刺鼻的气味。我常常犹如一只好奇的动物那样嗅她身上的气味，从洗完澡闻上去清新的脖颈和肩膀开始，在她乳房之间吸入那香汗的清新味，这种汗味在腋窝里和其他气味混合在一起，我发觉腰身和肚子周围那种浓重、模糊的气味几乎很纯净，大腿之间有着令我兴奋的水果香味。我也在她的两腿和两脚上闻来嗅去，浓重的气味从大腿那里消失，闻到胭窝里又一次混杂着香汗蜻蜓点水似的清新味，闻到两脚上肥皂或者皮革或者身体疲惫的气味。后背和胳臂没有特别的气味，闻不到任何味道，或者说闻得出她本身的气味。而手心里则是白日和工作的芳香：车票的印刷油墨味，钳子散发的金属味，洋葱或鱼或猪油味，洗涤用肥皂水味，或者熨烫后的热气味。如果那些气味被清洗过了，那么她的双手起先不会出卖任何东西。而肥皂只是遮掩了气味，只消片刻，它们又回来了，淡淡地，融化在独一无二的白日和工作的芳香里，融化在白日结束和工作结束的芳香里，融化在夜晚、回家以及居家的芳香里。

此刻，我坐在汉娜旁边，闻到的却是一个老太太的味道。我不知道这种气味从何而来，这样的气味我在老奶奶和老大妈身上领教过，它就像诅咒一样弥漫在养老院的房间里和走廊里。汉娜还年轻，不应该有这种气味。

我挪动身子靠她坐近一些。我注意到我之前让她失望了，希望现在更好地弥补一下。

“我很高兴你要出来了。”

“是吗？”

“是啊，我很高兴你会离我很近。”我告诉她我已经给她找好了住所和工作，告诉她城区和市立图书馆里的文化和社会服务。“你看书很多吗？”

“还行。有朗读就更好了。”她看着我，“现在结束了，是吗？”

“为什么应该结束呢？”但我发现我既没有为她录制磁带，也没有想着见到她给她朗读。“我真是高兴极了，也很钦佩你已经学会阅读。而且你给我写过多么漂亮的信呀！”这个不假，我很钦佩她，很高兴她能阅读，还能给我写信。可我感觉到我的钦佩和喜悦跟汉娜在学会阅读和书写上的付出是多么不相称，如果它们从来没能促使我回她一封信，过来探望她，和她好好聊一聊，那这样的钦佩和喜悦简直不值一文。我曾经许给汉娜一个小空间，完完全全是一个小空间，它对我很重要，它可以给我点什么，我也可以为它做点什么，可我这一生中没有给她留出一席之地。

可我为何就该在我的一生中留给她一席之地呢？我反抗内心萌生出的愧疚，想要把她压缩放进一个小空间里。“你在诉讼前真的从未想过诉讼里被提及的事吗？我是说，你从未想到过我们曾经在一起，我曾经给你朗读过的事吗？”

“你在拼命思考这个问题吗？”可她并没有等待我的回答，“我总是有这种感觉，反正谁也不懂我，谁也不知道我是谁，究竟是什么让我做出这样那样的事来。你也知道，如果谁也不懂你，那么谁也不会要求你说明理由。即便是法院也无法要求我说明理由。可死者可以。他们懂。他们根本不必为此到场，可如果他们在，他们更能懂我。在这儿的监狱里，他们时常到我身边来。他们每天夜里过来，不管我是否希望他们来。如果他们想在诉讼前来，我还可以把他们赶走。”

她在等我说点什么，可我什么话都想不起来说了。本来我希望自己说我什么都赶走不了。可这一点不符合事实，即便你把一个人置于一个小空间，也还是能赶他走。

“你结婚了吗？”

“结过。我和格特鲁德已经离婚多年，我们的女儿生活在寄宿学校，我希望她在中学最后几年不要待在那里，而是跟我住在一起。”现在我等她想要对此说些或者问些什么。可是她一声不吭。“下周我来接你，对吧？”

“对。”

“静悄悄地，还是要大点动静、更欢乐一些地？”

“静悄悄地。”

“好的，我静悄悄地过来接你，没有音乐，没有香槟。”

我站起来，她也站起来。我们相顾无言。铃声响了两次，其他女人都已经回到大楼里去了。她的眼睛又一次打量我的脸。我拥抱她，可她摸上去不对劲。

“多保重，小伙子。”

“你也一样。”

于是，还没到走出大楼不得不分手的时候，我们就挥手告别了。

9

接下来的一周忙得焦头烂额。我记不得是不是我准备的那场报告时间很紧，还是仅仅因为工作的压力或者追名求誉的压力。

开始准备那场报告时，我曾经有过一个设想，但这个设想毫无用处。一开始验证这一设想时，我却在期待意义和规则的地方，遭遇了接二连三的意外变故。我并不甘心自己的命运，于是在马不停蹄、忙乱不堪、忿忿不平、忧心忡忡之中寻找，仿佛我对现实的想象，使现实本身迷失了方向似的，而我也愿意曲解、夸大或者缩小那些检查结果。我陷入了莫名的烦躁不安之中，如果很晚上床睡觉，尽管能入睡，却没过几小时就清醒了，只好起床，继续看书或者创作。

我也为汉娜的出狱做好了必要的准备。我布置她的住房，配备了宜家家具和几件旧物件，告知希腊裁缝汉娜要回来了，带回了社会与教育服务方面的最新信息。我买了很多东西作为储备，将图书放到书架上，把画作挂起来。我叫来园丁照管一块小花园，小花园围抱客厅前的平台。我做这些时也感到莫名的忙乱不堪和忿忿不平，对这一切我都快要忍无可忍了。

但这恰恰足以让我不去想探望汉娜的事了。只是有时候，当我在开车或者疲惫地坐在书桌前，或者醒着躺在床上或者在汉娜的房子里时，想她的念头无法抵挡，不由勾起诸多回忆。我看到她坐在长凳上，目光紧盯着我，看到她在游泳场里，脸转向我，我又有了背叛她、亏欠她的感觉。我重新奋起反抗这种感觉，谴责她，发现她悄悄地逃脱了自己的罪责，这未免太便宜她了。如果只有死者有权要求她说明理由，而她的罪责和赎罪能以睡不好觉和噩梦来搪塞了事的话——那生者位置何在？可我所指的，不是那些生者，而是我。难道我也无权要求她说明理由吗？我算是老几？

就在我要接她的前一天下午，我打电话到监狱。我先是和监狱长通话。

“我有点烦躁。您知道吗，一般而言，谁也不会在经历如此漫长的监禁生涯之后被释放出狱，而在此之前却还没有几小时或者几天在外面待过。施密茨女士拒绝这样的机会。她明天出去不会感到轻松的。”

然后我和汉娜通了电话。

“你考虑一下我们明天干什么。是否你想马上回你的家，还是我们到森林里看看或者到河边走走。”

“我考虑一下。你一直还是喜欢按计划做事，是吗？”

这句话令我恼火。它令我恼火，就像女友们有时说我不够冲动，我过多地使用自己的大脑，而不去从自己的内心出发。

她从我的沉默中注意到我的恼火，哈哈一笑道：“别生气，小伙子，我并没有恶意。”

我在长凳上再次遇见汉娜时她已经是个老太太。她看起来就像一个老太太，闻起来也像一个老太太。我完全没有注意到她的声音。她的声音依然年轻甜美。

10

次日早晨，汉娜死了。她是在黎明时分自缢身亡的。

我抵达监狱，被带到监狱长那里。这是我第一次见到她，一个瘦小的女人，留着深褐色的头发，戴着一副眼镜。她看上去不显山露水，可一说起话来，却是精神饱满，热情似火，目光严峻，手臂动作有力。她问了我昨晚通话和一周前相遇的情况。是否我早已预感到什么，担心过什么。我做出了否定的回答。我也未曾压抑过任何预感或者担心。

“你们在哪儿认识的？”

“我们住得很近。”她审慎地注视着我，我觉得自己必须多说两句。“我们住得很近，早就相识，也是朋友。后来，作为年轻的大学生，我参与过她被判刑的那起案子。”

“您为何要给施密茨女士寄送磁带呢？”

我沉默无语了。

“您知道她是文盲，是吗？您从哪儿知道的？”

我耸耸肩。我没看出我和汉娜的故事跟她有何相关。眼泪在我的胸腔和喉咙里流淌，我担心说不出话来。我不想在她面前哭泣。

她可能看出我的状况了。“您过来，我给您看施密茨女士的小房间。”她走在前面，可总是回转身来，好给我介绍或解释什么。这里曾遭遇过恐怖分子的袭击，这里是汉娜干活的缝纫间，这里汉娜有过一次静坐罢工，直至削减图书馆经费一事得到纠正，这里是去图书馆的路。在汉娜的房间前她站住了。“施密茨女士没有收拾过行李。您看到的房间样子，就是她在里面生活时的样子。”

床铺、柜子、桌子和椅子，桌子上方靠墙有一只书架，门后面的角落里有盥洗盆和马桶。没有窗户，只有玻璃砖。桌子上没有东西。书架上摆放着书籍、一只闹钟、一只布料做的玩具熊、两只杯子、速溶咖啡、茶叶盒、盒式收录机，在下面的两只格子里摆放着我给她录制的磁带。

“这不是全部。”监狱长跟随着我的目光，“施密茨女士自愿提供社会服务，一直把一些磁带借给盲人囚犯。”

我走近书架。除了鲁道夫·赫斯[1]的自传笔记外，还有普里莫·莱维、埃利·威塞尔、塔德乌什·博罗夫斯基、让·埃默里[2]这些幸存者的文献，汉娜·阿伦特[3]关于艾希曼在耶路撒冷的报告，以及有关集中营的专业文献。

"汉娜看过这些东西吗？"

"无论如何她都是经过深思熟虑才订购这些书的。多年以前，我给她买过一本关于集中营的一般性书目，后来在一两年前，她拜托我给她一些介绍集中营女性——这些女囚犯和女看守的图书。于是我给当代史研究所写过信，他们给我寄来了相应的专业图书目录。施密茨女士学会阅读之后，她马上看起了集中营方面的书籍。"

床头墙上挂着很多小图片和便条。我跪在床上浏览。那

1 鲁道夫·赫斯（Rudolf Höss，1900—1947），德国纳粹战犯，1940 年 5 月至 1943 年 11 月担任奥斯维辛集中营司令。1947 年被处以绞刑。

2 普里莫·莱维（Primo Levi，1919—1987），意大利作家和化学家。埃利·威塞尔（Elie Wiesel，1928—2016），罗马尼亚裔美国作家、大学教师和政论家，1986 年获诺贝尔和平奖。塔德乌什·博罗夫斯基（Tadeusz Borowski，1922—1951），波兰作家，1951 年自杀。让·埃默里（Jean Améry，1912—1978），奥地利作家，反纳粹斗士。以上几位均为纳粹大屠杀的幸存者和见证者，他们创作的众多作品揭露集中营的罪恶。

3 汉娜·阿伦特（Hannah Arendt，1906—1975），德国犹太裔美国政治理论家，被誉为 20 世纪最伟大的思想家之一。此处提到的作品已有中译本《艾希曼在耶路撒冷》（安尼译，译林出版社，2017 年 1 月第 1 版）。

都是些引文、诗歌、小文章，也有汉娜记下的烹饪法，或是从报纸杂志上剪下的小图片。“春天让它的蓝色绸带重新在微风中翩翩飞舞”，“云影在原野上掠过”，这些诗歌充满着对大自然的喜爱和憧憬，那些小图片展现的是春光明媚的森林、姹紫嫣红的草坪、秋天的落叶以及傲然独立的树木，小溪边的一块草地、一棵果实累累的红樱桃树、一棵闪耀着秋日般黄色和橙色光芒的栗子树。有一张报纸的照片，上面是一名中年男子和一个年轻小伙儿，他们俩都穿着一套深色西装，彼此在握手，我认出向中年男子鞠躬的年轻小伙儿就是我自己。那是我高中毕业时，在毕业典礼上校长颁发给我一个奖。这是汉娜离开这座城市很久以后才发生的事。照片刊登在当地报纸上，她又不会看报，难道是她当时预订了这份报纸吗？不管怎么说，她一定花费了不少精力，才获悉这张照片并把它搞到手的。难道说她在诉讼期间就已经有了这张照片，并将它藏在身边了吗？我又感觉到眼泪在我的胸腔和喉咙里流淌。

“她跟着您学会了阅读。她从图书馆借来了您录在磁带上的那些书，然后把她听到的内容一字一句地对应起来。盒式录音机受不了反复按动开关键、快进键和倒放键，因此总是要坏，总是要修，又因为修理要获得准许，我终于明白施密茨女士想要做什么了。她起先不想说，可当她也开始写字，然后请我购买一本书写指南时，她才不再想方设法隐瞒这一秘密。她也简直引以为豪，自己居然能学会阅读，也很想和他人分享她的快乐。”

趁她说话的当儿，我继续跪在床上注视着那些图片和便条，强忍住眼泪。当我转过身坐到床上时，她说道：“她多么希望您能给她写信。她只收到您的包裹，而每当分发邮件时，她就问道：‘没有我的信吗？’她说的信不是指您寄来磁带的包裹。为何您从不给她写信呢？”

我又一次沉默了。我真的没法说出口，只能支支吾吾，只能哭出来。

她走到书架前，拿起一只茶盒，在我身旁坐下，然后从她衣服口袋里掏出一张折叠起来的纸。“她给我留下了一封信，算是遗嘱吧。涉及您的地方，我读给您听。”她展开那张纸。“那只淡紫色的茶盒里还有钱，您交给米夏埃尔·贝格，让他把这个钱连同存入银行账户里的那七千元，交给和其母亲一起在教堂火灾中幸免于难的女儿。她可以决定这笔钱何去何从。另外，您告诉他，我向他问好。”

也就是说，她没有给我留下任何信息。她是想伤我的心吗？她是想惩罚我吗？或者，她的心灵太过疲惫，她只能做些和写些最最必需的事吗？“那么多年她过得怎样？”我一直等到自己能够继续说话，“她临终的日子又是怎样？”

“多年来她就像在修道院里那样生活在这里。仿佛她心甘情愿隐居于此，仿佛她心甘情愿屈从于这里的制度，仿佛那种相当无聊的工作是一种沉思冥想。她在其他女人那里赢得了特别的威望，她和她们友好相处，但始终保持着距离。她具有权威性，如果遇到问题，她们更多地向她求教，如果碰上争执她从中斡旋，她做出的决定也会被她们接受。直至若干年前她自动放弃为止。她一直是一个洁身自好的人，在她这种身材结实的人那里她可算是很苗条的了，而且干净得有些过分。最近她才开始吃得很多，洗澡很少，她变胖了，身上有了臭味。她看起来并不因此觉得不幸或者不高兴。事实上于她而言，仿佛退隐至修道院已不足够，仿佛即便在修道院里还是感到太欢快太多废话，仿佛她必须进一步隐居，到一个偏居一隅的小房间里，在那里看不到任何人，外表、衣服和气味不再具有任何意义。不，如果说她是自暴自弃，那就错了。她给自己重新定位，以一种她觉得合适的方式，但这是一种不再给其他女人留下深刻印象的方式。”

“那最后的日子呢？”

“她一如平常。”

“我能看看她吗？”

她点点头，可站住不动了。“一个人在经历了孤单寂寞的岁月之后，会如此不堪忍受尘世间吗？一个人宁可自尽，也不愿从修道院、从隐居处重新回到尘世间吗？”她转过身来，“施密茨女士没写为何要自杀。您也不说你们俩之间是什么情况，或许就是因为这点才引发了施密茨女士在您要接她的前夜自杀。”她将那张纸重新折叠起来，塞进口袋里，站起来，把自己的裙子抹平。“她的死对我打击很大，您知道吗，眼下我很愤怒，对施密茨女士，也对您。不过我们还是走吧。”

她重新走在前面，这一次一言不发了。汉娜躺在病区的一个小房间里。我们刚好能在墙壁和担架之间穿过。监狱长将那块布巾拉开。

一块布巾裹住了汉娜的脑袋，以使她的下巴进入死后僵硬状态仍能被抬起。她的脸上既没有特别安详，也没有特别痛苦。它看起来是一具僵硬的死尸。我对它注视良久，却在死人的脸上突然出现了一张活人的脸，在年老色衰的脸上突然出现了一张年轻貌美的脸。想必在老年夫妇身上才会发生这等事吧，我想。对她来说，老年男人身上闪耀着帅小伙儿的形象，而对他来说，老年女人身上永葆着少妇的美丽优雅。为何我在一周前没有看到她当年的美丽优雅呢？

我忍住没哭出来。当监狱长片刻之后疑惑地注视我时，我点了点头，于是她用布巾重新盖住汉娜的脸。

11

等我完成汉娜布置的任务时，时令已然是秋天。那个女儿生活在纽约，我趁在波士顿开会之际将钱款带给她：一张支票，上面写明存折金额；一只茶盒，里面放着现金。我之前写信给她，介绍自己是法学史专家，并提到了那次诉讼。如果能找她谈谈，我将不胜感激。她邀请我一起喝杯茶。

我坐火车从波士顿前往纽约。森林里闪耀着棕色、黄色、橘色、红棕色以及棕红色，槭树的红光在闪烁发亮。秋日的画面让我顿时想起汉娜的那间小囚房。当我被车轮的转动以及车厢的晃动折磨得疲惫不堪时，我梦见我和汉娜住在一个房子里，它就坐落在秋色斑斓的群山上，火车穿山而行。汉娜比我认识她时更年老，比我重新见到她时更年轻，但年龄比我大，人比以前美，她的动作随年岁增长变得更泰然自若，而她的身体则显得更从容笃定。我看到她从小汽车里下来，双手抱住购物袋，看到她穿过花园走进大楼，看到她放下购物袋，在我前面爬上楼梯。对汉娜的渴望是那么强烈，都让我感到痛苦。我反抗这种渴望，质疑这种渴望，这种渴望对汉娜和我，对我们的年龄，对我们的生活环境，都完全不现实。汉娜不会说英语，她何以能在美国生活呢？而且她也不会开车呀。

我醒了，才又恍然明白汉娜已经不在人世。我也知道那种渴望锁定在她身上，却不是针对她的。那是一种对回家的渴望。

那个女儿生活在纽约中央公园附近的一条小马路上。马路两旁分布着陈旧的行列式住宅小楼，用黑色砂石砌成，房子里的楼梯也同样采用黑色砂石，一直通往二楼。这给人一种一本正经的印象，房子后面连着房子，房屋正面几乎一模一样，楼梯后面连着楼梯，马路两旁新近才种上树，树与树之间相隔一定的距离，稀疏的枝椏上残留着不多的黄色树叶。

那个女儿将茶水端到偌大的窗户前面，可以从窗口看到那些四方形住宅周围的小花园，有的绿草如茵、五彩缤纷，有的只是堆积着破烂的家用什物。我们坐下，上茶，往茶里加糖，然后搅拌，她从和我打招呼时说的英语转到了德语。“是什么风把您吹到这儿来了？”她问的时候不冷也不热，那种语调极其客观。她身上散发的一切，一举手、一投足以及穿着都显得很客观。她的脸看不出年纪。整过容的脸看起来就是这样，不过或许也是因为早年的不幸而变得麻木了——我试图回想她在庭审期间的那张脸，却怎么也想不起来了。

我谈起了汉娜之死和她委派的任务。

“为什么是我？”

“我猜测，因为您是唯一的幸存者吧。”

“我应该如何使用这笔钱？”

“用到您认为有意义的事情上。”

“那么施密茨女士就因此获得赦免了吗？”

起先我想拒绝回答，因为事实上汉娜要求很多。被监禁的岁月不应该仅仅是赎罪。汉娜想给它们本身一个意义，她也希望用这种富有意义的赎罪赢得承认。我说了这层意思。

她摇摇头。我不知道她是想以此拒绝我的解释还是拒绝给汉娜以承认。

“不能宽恕她的话，您就不能承认她吗？”

她呵呵一笑。“您喜欢她，是吗？你们彼此之间究竟是怎样的关系？”

我犹豫片刻。“我给她朗读。一开始朗读时我才十五岁，后来她入狱了，我继续给她朗读。”

“您是如何……”

“我给她寄磁带。施密茨女士几乎一辈子都是文盲。到了监狱里，她才学会阅读和写字。”

“您为何要做这一切呢？”

“我十五岁的时候，我们有过关系。”

“您是说，你们一起睡过？”

“是的。”

“这女人好残忍。您对付得了吗，您才十五岁就和她……不，您自己说，她在监狱里时，您重新开始给她朗读。您当时结婚了吗？”

我点点头。

“婚姻短暂而不幸，您也没有再婚，而孩子，如果有一个的话，是在寄宿学校。”

“这种话适用于成千上万人，施密茨女士不需要这个。”

“在过去的那些年里您跟她接触时，您可曾有过感觉，她知道她带给您的是什么吗？”

我耸耸肩。“不管怎么说，她知道她在集中营里以及在行军中带给他人的是什么。她不仅跟我说过这个，在监狱里的最后岁月，她也在全神贯注地研究这个问题。”我向她谈起监狱长告诉我的那些事。

她站起来，在房间里迈开大步踱来踱去。“究竟有多少钱？”

我走到衣帽间，我的包就放在那里，然后拿着支票和茶盒回来了。“都在这里。”

她看了看支票，将它搁到桌上。她打开茶盒倒空，又重新把盖子盖上，然后将茶盒捧在手里，目不转睛地盯着那茶盒。“小时候我有过一只茶盒，里面放着我的宝贝。不是这种茶盒，尽管当时也已有这样的茶盒，而是一只上面写着西里尔字母[1]的茶盒，盖子不是压进去的，而是倒扣在上面。我把茶盒一直带到集中营，不料有一天被人偷走了。”

“里面放着什么？”

“自己喜欢的一些东西。我们家那只长卷毛狗的鬈发，父亲带我听歌剧的门票，不知从哪儿弄来或者在一包东西里找

1　西里尔字母，源于希腊字母，被斯拉夫民族广泛采用。

到的一枚戒指——不会是有人因为里面的东西才偷我的盒子的。这只盒子本身以及它可以派上的用场，在集中营里至关重要。”她将盒子放到支票上。“您对使用这笔钱有什么建议吗？用它来做些和大屠杀有关的事，我真觉得这就像是一种赦罪，这种赦罪我既不能给人，也不想给人。”

“给那些希望学会阅读和写字的文盲。肯定会有一些公益性的基金会、社团或者协会，可以把这笔钱交给他们。”

“这些肯定会有。”她沉思着说。

“也有相应的犹太机构吗？”

“您可以相信这一点，只要有这样的机构，那么也会有这样的犹太机构。不过文盲问题不太是犹太人的问题。”

她把支票和现金推到我面前。

“我们这样好了。您可以了解一下，这边或者德国那边有哪些相关的犹太机构，然后就把这些钱款汇到您最信得过的这家机构的账户上。如果得到承认非常重要的话，”她朗声一笑，“那么您真的可以用汉娜·施密茨的名义汇入这笔钱。”

她重新拿起那只茶盒。“这只盒子我留下了。”

12

转眼之间，十年倏忽而过。汉娜去世的头几年，那些老问题时时在折磨我：是否我拒绝和背叛过她，是否我对她负有责任，是否因为我爱过她而有罪，是否我早该宣布和她脱离关系或者把她摆脱掉，我又如何这样去做。有时我扪心自问，是否对她的自杀负有责任。而有时，我对她和她带给我的遭遇感到很气愤。直至这种气愤变得无力，那些问题变得不再重要。我做的和没有做的以及她带给我的一切——现在这一切恰恰成了我的生命。

把我和汉娜的故事写下来，这件事是我在她去世不久就下决心要做的。自此以后，我们的故事在我脑海里写了好多遍，总是有所不同，总是出现新的画面、零碎的情节和想法。

因此，除了我写下来的版本之外，还有许多其他的版本。确保写下来的版本才是正确的版本，其原因就在于我写下了这个版本，而没有写下其他版本。这个写下来的版本是我希望写下来的，而许多其他的版本则不希望有这个版本存在。

我起初想写下我们的故事，是为了摆脱这个故事。可记忆并没有为此目的做好思想准备。然后我发觉，我们的故事从我的脑海里悄然消失，于是我想用我的写作召回这种记忆，但即便这样的写作也并没有诱出这种记忆。多年以来，我不碰我们的故事。我跟它和平共处。而它回来了，细节一个接着一个，并且以一种完整、完美而准确的方式，好让我不再对此感到悲伤。那是一个多么悲伤的故事，我沉思良久。不是说我现在觉得它是快乐的故事。但我想，这是真实的故事，至于它是悲伤还是快乐的问题，已经了无意义。

至少，当我不由得想到它时，我就想到这一点。然而，每当我受了伤害，我就会回想起当时亲历过的那些伤害，每当我感觉自己有罪，我就会回想起当时的负罪感，而在如今的渴望和思念中，我感觉到了当时的渴望和思念。我们的生活如此层层相叠，彼此紧密相连，以至于在后来的生活中，和我们不期而遇的总是以前的生活，它不是已了结和已完成的生活，而是成了当下的鲜活的生活。我明白这一点，尽管如此，我有时还是觉得很难忍受。或许我确实写下了我们的故事，是因为我想摆脱它，即便我无法摆脱它。

从纽约回国之后，我马上将汉娜的钱款以她的名义汇给了犹太扫盲联盟。我收到了一封用电脑打印的短信，犹太联盟在来信中向汉娜·施密茨女士的捐赠表示感谢。我口袋里装着那封信，驱车前往公墓找到了汉娜的墓地。这是我第一次，也是唯一一次站在她的墓前。

译后记

让作者说话，是译者的神圣使命

一个德国顶尖大学的法学教授，还是北威州宪法法院的法官，有着体制内优渥的生活和崇高的社会地位，可是偏偏还不知足，居然忙里偷闲写起了侦探小说，一开始和朋友合作，后来独自创作，却一不小心拿到了德国的侦探小说奖，几部侦探小说还都成了畅销书。如果仅仅以侦探小说名世，那或许也算不了什么。及至1995年，探究二战集体罪责问题的《朗读者》横空出世，1997年被译成英语，该译本简洁、流畅，易于接受，1999年经美国脱口秀主持人奥普拉·温弗瑞力荐，一跃成为《纽约时报》头号畅销书，是有史以来第一部获此殊荣的德国小说。后又经斩获2009年金球奖和奥斯卡金像奖的好莱坞同名电影推波助澜，更成为国际畅销书，迄今已被译成五十多种语言。

要知道，《朗读者》可不是普通意义上的畅销书，它是一部真正的严肃小说。

在远隔万里的中国，在中央电视台，有一个家喻户晓的《朗读者》节目，该节目邀请专家、学者和社会名流朗读图书作品，也由此掀起了全民阅读的新高潮，而该节目名称即源自这部享誉世界的《朗读者》。

这部小说的作者本哈德·施林克，1944年出生于德国比勒费尔德，在海德堡长大。在海德堡和柏林攻读法学专业。1975年在海德堡大学获得博士学位。施林克现居德国柏林和美国纽约。

2016年12月中旬，译者受德国图书信息中心邀请赴宁参加德译中文学翻译工作坊活动，活动结束次日和译林出版社顺利签下《朗读者》翻译合同，并于当年圣诞夜开始翻译该书。

2017年6月10日至30日，译者经向德国柏林文学研究会申请，获得罗伯特·博世基金会工作居留资助，在瑞士苏黎世郊外的罗伦译者之家从事翻译工作三周。

其时，持续半年的《朗读者》翻译工作接近尾声，译者除了修订译文之外，还为到邻近的一家中学进行交流活动做些准备。

那年夏天，瑞士奇热难耐，译者住在朝南房间，为了挡住晃眼的光线，每天不得不拉下窗帘，因为房间里没有空调，有时不得不赤膊和热浪战天斗地，即便这样还常常汗流浃背，然而译者心里始终因这部传世之作激动着、沸腾着。施林克不愧为法律出身，其用词严谨缜密，惜墨如金，行文客观冷静，正因为如此，也给译者增加了不少的翻译难度。好在罗伦译者之家每天都有专业工作人员出入，还有一些德国同行也在这里潜心翻译，可以随时向他们请教。

6月29日下午，译者骑着电动助力自行车提前赶到了数公里以外的州立中学。那是一群大约十六岁的瑞士高中生，他们有一门英译德的课程，定期有专业译者给他们提供翻译实践指导。他们事先阅读了《朗读者》德语原版小说，并在活动当天上午观看了《朗读者》电影，还为下午和译者的对话做了精心准备。

从事先获得的问题看，译者感觉瑞士人普遍对中国了解不多，他们想当然地以为中国人对外国同样了解不多。比如他们认为我们对集中营、党卫军、大屠杀、纳粹审判以及涉及战争罪行、反人类罪、法律失效等诸多问题知之甚少，还有一些，比如我们译者能否对书里出现的一些性描写采用直译，中国人是否对不识字羞于启齿等问题，译者都一一给予澄清和解答。

那天的交流异常热烈，同学和老师们不断提出新的问题。译者反复强调，当今的中国早已不再是以前的中国，希望在座的同学和老师们能有机会到中国实地看一看，多增加一些对中国的感性认识。通过这次交流活动，译者也向他们展示了一个中国译者的日常生活。

一个真正的作家，必须时刻关注社会，关注世界，必须以批评的眼光看待这个世界的人和事。2006年，在睽违十一年之后，施林克推出长篇小说《回归》，再度以返乡为主题，揭露纳粹血腥历史。紧接着，2008年，施林克又马不停蹄地推出长篇小说《周末》，回顾和反思二十世纪七八十年代的恐怖事件，并重新认识当前面临的恐怖主义威胁。2018年，新年伊始，施林克最新长篇小说力作《你的奥尔加》出版，雄踞德国《明镜周刊》畅销榜三十八周，已被译成二十二种语言，是作者继《朗读者》之后最具国际影响力的作品。这部小说是对近百年德国历史的总结，并且不断地拷问谁是使德国变得“太伟大”的始作俑者，它既是一个爱情故事，也是一部时代史。《你的奥尔加》中文版最近也已由新经典文化推出。

让作者说话，是译者的神圣使命，译者请免开尊口。译者的任务是想方设法原汁原味地再现原作的风采。力争做到拷贝不走样，原文有的，译文得有；原文没有的，译本里万不可添加，更不能画蛇添足地妄自猜测和无端阐释；唯有在吃不透字面意思或原文抗译性很强时，方可对译文稍作技术处理，而有待重印或再版时予以修正。真正好的译文，必须经得起原文的比对，真正优秀的译者甘愿谦卑地隐没在作者之后，而耐不住寂寞的译者，不妨自己选择创作。

译文要想做到既简洁明了又原汁原味，其实无异于赤手空拳和风车战斗。不过，如果尽力了，也就释然了。倘若读者喜欢这个文字，那是作者在说话，倘若不喜欢，那或许是译者在聒噪。读者诸君如能在阅读之后有一种满足感，那就是译者的莫大荣幸了。

一部翻译作品成功与否，不仅取决于译者的辛勤劳作，还在于责任编辑、营销部门以及出版社上上下下的通力协作。

译者从事德语文学翻译多年，得到了中外友人的帮助和支持，由于人数众多，恕不一一报出他们的大名，在此谨向他们致以最真诚的感谢和最美好的祝福。

最后不能不说的是，译者孤陋寡闻，鲁鱼亥豕，在所难免，尚祈海内外专家和读者们批评指正。

沈锡良

2019年深秋于上海虹口现代公寓

图书在版编目（CIP）数据

朗读者 /（德）本哈德·施林克著；沈锡良译.—
南京：译林出版社，2021.3（2025.6重印）
ISBN 978-7-5447-5889-5

Ⅰ.①朗… Ⅱ.①本… ②沈… Ⅲ.①长篇小说－德
国－现代 Ⅳ.①I516.45

中国版本图书馆 CIP 数据核字（2020）第 002071 号

著作权合同登记号　图字：10-2017-067 号

朗读者 ［德国］本哈德·施林克／著　沈锡良／译

责任编辑　袁　楠　曾　静　李玲慧
装帧设计　廖　韡
校　　对　戴小娥
责任印制　颜　亮

原文出版　Diogenes Verlag AG Zurich, 1995
出版发行　译林出版社
地　　址　南京市湖南路 1 号 A 楼
邮　　箱　yilin@yilin.com
网　　址　www.yilin.com
市场热线　025-86633278
排　　版　南京展望文化发展有限公司
印　　刷　南京爱德印刷有限公司
开　　本　850 毫米 × 1168 毫米　1/32
印　　张　8.375
版　　次　2021 年 3 月第 1 版
印　　次　2025 年 6 月第 5 次印刷
书　　号　ISBN 978-7-5447-5889-5
定　　价　48.00 元